なぎの葉考・しあわせ

FuJio
NoGuChi

JN033772

野口冨士男

P+D
BOOKS
小学館

目次

なぎの葉考

1

サイドデスクに、他のものとまじって直径一〇センチばかりしかないガラス製の分厚い円形の灰皿が置いてある。息ぬきにヨーロッパへ旅行したとき、ロンドンのヒースロウ空港の売店で買ってきたものである。

硬貨は日本へ持ち帰っても円に換金できないために、使いのこりの小銭で買った観光みやげ用の安もので、底の部分にロンドン市の紋章がプリントされている。とうてい、来客の応接に使用できるようなものではない。また、私はヘビースモーカーに属するので、自身が常用するにはすこし小さすぎる。

その灰皿のなかに、いまはセロファンの小さな袋が入っていて、袋のなかには大匙一杯分ほどの白っぽい砂が入れてある。ヨーロッパから帰国した四十日ほどのちに紀州へ行って、白浜温泉海岸の砂を自宅へ持ち帰るつもりで手にすくってはみたものの、処置にこまって、咄嗟の思いつきでハイライトの函からセロファンの外装部だけ抜き取って入れてきた。灰皿のなかにあるセロファンの袋は、それである。

おなじ白浜でも、房州白浜の海岸が黒ぐろとした岩石に覆われているのに対して、万葉のむかしから白良浜とよばれた紀伊白浜の、六〇〇メートルにも及ぶといわれる石英砂の弓なりに彎曲している海浜には、地名にそむかぬ白《しら》さがある。

私のせまい見聞の範囲にかぎっていえば、紀州白浜の砂は日本中のどこの海岸のそれよりも白いが、ほんのわずかばかり褐色を帯びていることも事実で、ルーペで拡大してみると、きわめて微量ながら黒い粒子も混在していないではない。いわゆる純白ではけっしてないし、今度の旅行では午後の二時ごろ自動車を停めてもらって十分間ほど波打際へ立ってみただけであったから、現在でもはたして夜になればあんな光景を呈するのかどうか。大ホテルなどが出現して当時とではよほど様相が異なっているので、私にはわからない。が、四十年以上も以前にいちど一泊して、同行者の誰にも告げずにただ一人そっと宿をぬけ出てあわい月光を浴びながら歩いた、伊豆あたりの温泉場にみられる海岸などにくらべればはるかに広い砂浜ぜんたいが、夜の底からほうっと宙に浮きあがっていたようなほの白さを私は思い出す。

「もう来たらあかんよ。ほんまに、来イへんな」

長い睫毛がめくれあがった、瞳の大きな眼にみるみる涙をあふれさせながら言った、桜色の細長い爪をもった大阪の色白な女を私は忘れないが、彼女と逢うことになったきっかけも、白浜の夜の底にみた砂浜のほの白さにあったのではなかろうか。

昭和十一年――

あの二・二六事件の生じた年度は、現在の私をかくあらしめた、ある意味では生涯の転機だったかもしれない。

記憶には、誤りがあるかもしれぬ。記憶からずり落ちてしまっているに相違ないものを喚びもどすためにも、もう一度あの砂を踏んでみなくてはなるまい。白浜まで行けば、やはり曾遊の地である新宮へも脚をのばしたいと思いはじめたのは、自伝小説といっても大過ない、すこし長いものを書いていたときのことで、自己自身の幼年期から中年期に至る軌跡を追っているうちに、主題との関係上その作品では一行も触れる機会がなかったものの、かつての紀州旅行への回想がおのずと引き出されてきたのであった。が、前からの予定でもうひとつ別種のさらに長いものをつづいて書き上げてしまわねばならなかったために、紀州再訪の願いがかなえられる見通しがつくまでには一年半内外の時が経過してしまった。

「……今のところ、来月の末か、十二月はじめにはと思ってるんですがね」

新橋駅に近いホテルで催されたあるパーティの人ごみのなかで、私が自身の息子より年少の友人の間淵宏と顔を合わせて紀州旅行の計画をもらしたのは、彼の郷里が紀州の新宮だったからで、それはすでにすべての手続きをすませて、一週間——正確には六日後にヨーロッパへ出発することがきまっていた十月はじめのことであった。紀州より先にヨーロッパへ行くことにしたのは冬のパリやロンドンの寒さをおそれたためで、半月たらずのありふれた観光旅行に過ぎなかったから、そのことについては何も告げなかった。

「こないだも、ちょっと訊いたでしょう」

間淵とは、その二、三カ月以前にも、ある雑誌のために六本木で対談をする機会があって、私は速記の終ったあと自宅まで送ってくれるというハイヤーが到着するのを待っていたあいだに、新宮の遊廓についてわずかばかりの質問をしていた。

「ああ、浮島の遊廓のことですか。……あそこには、もうなんにもないんですよ」

「あれば、それに越したことはないんだけれど、なければ、なくてもかまわないんです。ぼくは今のあんたより若いころに行ったときの自分の記憶が間違っているかどうか、それをたしかめに行くだけなんですから」

「若いころって、幾つのときです」

「数えで二十六だったから、満だと二十五のとき、昭和十一年です」

「ぼくが生まれる、ちょうど十年前ですね」

「今のあんたより七つ下だったけれど、今は高齢化社会だから、当時の年齢感覚でいえば今のあんたぐらいだったかもしれない」

「で、新宮と、あとは……」

「白浜へも行こうと思ってるんです」

「……そのころでしたら、ぼくがご案内しましょう」

十一月末か十二月はじめという私の予定をもう一度たしかめてから、間淵は言った。

「むこうには、自動車の運転をしてくれる友人や若い衆が幾人もいますから、どこへでもお連れします」

若い衆とは、若い自身よりさらに年少者に対する間淵らしい含羞を帯びた表現で、彼の作品のなかにもよくみかけられるものであった。巨漢というより肥大漢とよぶほうが適切な間淵には、粗野な外見にもかかわらず、人間的にもこまかく神経のはたらくところがあった。

「道路がよくなってますからね」

新宮から吉野へぬける道を、ぜひ私に見せたいとも言った。

「そりゃ、有難い話だけれど……」

極端なことをいえば、私が行きたいと思っていたのは白浜と新宮だけで、時間があれば他のどこかを見るにしろ、あとはどうでもいいという気持であった。

催眠剤は自宅でも毎日服用しているから、旅にはかならず持って出る。が、青年時代からの不眠症と幼時からの偏食のために十年ほど以前からは二泊三日以上の旅に耐えられなくなっているので、それほどあちらこちらを見歩くことはできないのだと言おうとして、相手には告げていなかったものの、それが二週間ちかいヨーロッパ旅行と大きく矛盾することに気づいたために先を言いよどんだ。そして、いずれにしろ紀州旅行の予定はまだ二カ月も先のことなのだから、そのころになったらもう一度あらためて打ち合わせをしようということになった。

「十日ぐらい前に、電話でご都合をうかがいます」

「冗談じゃない。連絡はこっちからしますから、それまであんたは気にしないでいてください」

私が言ったのは、その旅行が自身のためのものだったからにほかならない。

紀州ゆきをヨーロッパから帰国後四十日ちかくもあとに予定しておいたのは、往復の機内と海外のホテルでの予想される睡眠不足と時差ボケからの回復もさることながら、その時分までは一切の仕事を放擲して、何年ぶりかに充分休養をとりたいという気持があったからだが、結果論ながら、それだけの時間的な余裕をみておいたことが、間淵の同行を可能にしたのであったろう。逆にいえば、ヨーロッパ旅行が間にはさまっていなければ、間淵の都合はつかなかったに相違ない。忙しい新人のなかでも、特に間淵は忙しい一人であった。

はがきと電話のやりとりがあって、東京駅の八重洲口で待ち合わせることにきまった十一月の三十日は、時おり小さな雲が陽光をさえぎることはあっても、まず快晴といって間違いのない一日であった。新幹線のひかりを名古屋で近鉄の特急に乗り換えて松阪へ着いたのは、午後の一時である。控えめで口数のすくない間淵は、打ち合わせの電話の折にも、東京駅からでは三時間の車中でも、そのことについてはなにも言わなかったが、前もって周到に手筈をととのえておいてくれたことが、行く先ざきに着いてからわかった。

松阪では、間淵より二、三歳ほど年少だろうか、彼の言った自動車の運転をしてくれる若い衆で高校の後輩だという、眼鏡をかけたジャンパー姿の堺青年が駅前の喫茶店で待っていて、私たちがコーヒーをのみ終るとすぐわれわれのバッグを後部のトランクに入れてくれて出発した。

四十年以上も以前に来たときには、まだ現在の国鉄の紀勢線が全通していなかったせいもあって、反対に西側の大阪のほうから紀伊半島を南下したので、そのコースは私にとって初めてのものであった。

南紀は、さすがに暖かい。

翌日からは十二月だというのに、しばらく平野部を走って山また山の荷阪峠へ入るとウルシなどの紅葉があざやかで、峠を越えるとまもなく左手の前方に小島の多い熊野灘の海岸がみえてくる。そして、尾鷲《おわせ》市からはまた山間部へ入って矢ノ川《やこ》峠を越えるとフェニックスの街路樹がつづく熊野市へ出て、そこから先は七里御浜とよばれる平坦な海岸にそった道路である。碁石になる黒い砂利が採取されるのはそのへんだということであったが、日の短い季節だけに、三重県と和歌山県の県境にあたる新宮大橋の袂へ着いた時分にはかなり薄暗くなっていた。

「あ、今は新宮川っていうんですね」

そのあたりの河口ちかくだけのことなのだろうが、熊野川の名称まで変っていて、私がかつて瀞八丁へ溯上するためにプロペラー船へ乗りこんだ、橋を渡ってすこし川上の右岸の磧《かわら》もなくなっていた。その磧に、筏師相手の極度に檐《のき》の低い貧しげな飲食店や雑貨屋が川岸と直角に建ちならんでいたのは昭和十年前後までだったというから、私などがそんな実景をみている最後の一人ということになるのだろう。それは河川の増水にそなえて、いつでも解体して避難できるように切り込みとクサビだけを利用した組み立て式の粗末な掘っ立て小舎で、四十余年前には両側にそういう小舎のならんでいる間を通ってプロペラー船に乗った。

私のために、いったんその磧があったあたりの川岸へ廻ってくれた自動車が道幅のせまい商店街へ入っていったときには、もう完全に暮れきっていた。

その商店街で、どういうつながりなのか間淵の親戚だという、背広にポロシャツ姿の洋品店主で五十歳前後かと思われる、いかにも世話好きらしい気さくな山根伊佐夫を乗せると、大通りにある洒落た感じのレストランへ案内されてビーフステーキをご馳走になった。レストランの経営者は、山根の妹だということであった。が、それも新橋駅に近いホテルでのパーティの折に、自分が偏食で魚肉ぎらいだと言っておいた私に対する間淵のゆきとどいた心づかいの一つで、席がきまるや否や、そろそろ頭髪が薄くなりはじめている山根のほうから、いまは跡形もなくなっている浮島の遊廓についていきなり話が切り出されたのも、間淵が私の紀州旅行の目的をあらかじめ通じておいてくれた配慮の結果に相違なかった。

新宮には、「浮島の森」、または「いのどの森」と俗称されて天然記念物に指定されている「藺沢《いのさわ》浮島植物群落」がある。その規模は長さ八五メートル、幅六〇メートルというもので、数十種にのぼる密生した暖寒両性の植物群が枝と枝、根と根を複雑にからませ合いながら泥炭様の厚い泥層の上に浮遊している島だが、浮島の遊廓という呼称がそのすぐ近傍にあったために生じたことは言うまでもない。直線にすれば、徒歩二分ほどの距離だろう。

新宮市は間淵が生まれたのと同年の昭和二十一年十二月二十一日の南海大地震にともなう火災で、その大部分が焼失している。山根の教示によれば、戦前の浮島遊廓には、出雲楼、八幡楼、金水楼、いろは楼、熊本楼、敷島楼のほか、浪花楼と錦楼には第一と第二があったということだから、妓楼はおよそ十軒前後あったものとみておけば間違いないだろう。今は薄れて覚束なくなっている私の記憶をたぐれば、それらは京都の五番町や、福井県小浜の三丁町や、三国の遊廓などの妓楼より風格があって、吉原の中店などにくらべてもあまり遜色がなかった。

食事がすむと電話を掛けに立っていった山根は間淵と堺になにか話しかけていたが、その結果また私は自動車に乗せられて、すぐその近くにある榎本という材木商の、堅牢なという感じの邸宅へ案内された。七十歳をすこし越えているかと思われる榎本はがっちりした体軀の持主で、玄関のすぐ左脇が机と椅子を置いた事務室になっていたが、版画家でもあるというだけに、二階へ案内されると、階段の脇にはじまって広い居間と応接間は所せまいまでにおびただしい蔵書と人形や民芸品の類で埋まっていて、いかにも裕福そうに見受けられた。恐らく若い時分には相当以上に遊蕩のかぎりをつくしただろうというようなことが、忖度された。

「私の記憶では、ダンスホールがあったような気がするんですがねえ」

私はかつて自身が登楼した妓楼がなんという屋号であったか、まるきり思い出せなくなっていたが、どうも壁際にソファなどの置かれたリノリュウムかタイル張りの床があったと思うのだがと先刻レストランで告げたのにもかかわらず、山根からあの遊廓にそんなものはなかった筈だと否定されてしまったので、今度は榎本にむかってふたたび同一の質問を繰り返すと、それは浪花楼の二階で、たしかにダンスができるようになっていたという証言を得た。が、廓内には柳が枝を垂れていて、ガス燈ではないかもしれないが、緑色に光る街燈があったというほうの私の記憶は、ほぼ全面的に否定された。

もともと浮島の遊廓は片山という雑木林を切りひらいて出来たもので、吉原でいえば仲之町に相当する道路には桜や松のほかに椎、樫、さるすべり、雑木のババ、山桃などもあって、二十本ばかりの樹木の幹はいずれも三〇センチほどの太さであったとのことだが、私の言う柳もあったことはたしかにあって、私がガス燈かと思ったのは、道路のどこかに緑色のネオンサインがあったためではなかろうかということであった。また、榎本は浮島の遊女の源氏名にはさまざまな軍艦の名がついていたと言って、それらの源氏名をうたいこんだ長歌のようなものが半紙に毛筆でこまかく記されている文献も私は見せられた。

そして、東京の遊女の大多数は東北の農村出身者であったが、新宮の遊女は三重県の長島とか尾鷲あたりの漁村出身者だった様子で、榎本からは「ほんに浮島浮いてはゐるが、根無し（寝なし）島とは言はしやせぬ」という野口雨情の唄を教えられて、複写ながら大正六年版の『新宮町全図』を恵与されたが、山根からは以前私が宿泊した旅館が、今はなくなっている油屋だろうと教えられた。それらの話を綜合すると、新宮で油屋旅館に宿泊した私は、浮島遊廓の浪花楼へ登楼して、敷島か千鳥か、軍艦の名をもった三重県の漁村出身の遊女とたわむれたことになる。

はじめ風邪気味だと言っていた榎本は、話に興がのって一時間余もてなしてくれたので、私が間淵や山根や堺とともに伊佐田町の、古典的だが、それだけ静かな旅館へ着いたのは八時ごろであったろう。東京にいれば、まだ宵の口とよぶような時刻であったのに、旅先では一日の見聞の密度が平常の何倍も濃いせいか、深夜のような感じがあった。三人は私を疲れさせまいとしたためか、ほんのわずかばかりビールを飲んだだけで引き揚げていった。私は猪口なら一、二杯、ビールならコップに四分の一ぐらいしか飲めない。

「若い衆が多勢待っていますから、今夜は付き合いです」

間淵は、一人だけになる私にむかって去りぎわに言った。

翌日も、日中は上天気であった。

午前四時ごろまで飲んでいたという間淵は、しかし、十時前に前日の二人といっしょに宿へむかえにきた。そして、熊野権現とも速玉《はやたま》神社ともよばれる新宮に参拝したあと、大王地の花街界隈を歩いてから、南海大地震のあと再建されてただ一軒だけのこっている以外は近代建築の市民病院などになってぜんぶ消滅してしまった遊廓址あたりを徘徊したのち、植物群落の浮島をみた。

間淵は次にどこを見たいかと訊きもしないかわりに、これからどこへ行くとも私にはほとんど告げない。そのくせ堺とは打ち合わせがしてあるらしく、山根とはそこでわかれて堺の運転する自動車で本宮へ行くと、いったん旧街道の中辺路《なかへじ》にある湯ノ峰温泉までドライブしてから引き返したあと、もう薄暗くなった石段をくだって那智の滝をみてから、その夜は堺だけが新宮の自宅へ戻っていって、間淵と私は串本のホテルへ泊った。夕食はホテルへ入る前に、私が前日から食べてみたいと言っていた、高菜で握り飯をくるんだコブシ大のめはりずしを堺と三人で食べていたために、すこしくつろいでから降りはじめた小雨のなかを散歩に出て、郷里の紀州へはしばしば取材に来ていて間淵がなじみになっているらしいスナックへ行った。

いわゆるカラオケ酒場で、しばらくのあいだは、われわれと前後してその店へ入ってきた六、七人連れが交替でさまざまな歌に興じていた。が、高校時代に大相撲のなにがし部屋からスカウトに来られたという間淵が、演劇か映画の道へ進もうか、それとも国文学者になろうかと思ったり、ジャズの演奏者になろうとしたこともあると書いたものがあったのを思い出して私が一曲所望すると、マイクを受取った彼は視線をやや下に落して『カスマプゲ』を歌った。歌手は体格がよくなくては駄目で、私がローマの酒場で聴いたカンツォーネの歌手も傍へ寄って来られただけで威圧されるような体軀の所有者であったが、声量はともかく、間淵の声帯にも痩せた男にはもとめられないものがあった。

「……そうだったんだ」

脚の高い椅子に腰を掛けて、カウンターに頰杖をつきながら、立って歌っている間淵の横顔をみていたとき、私は思い当った。

新宮でその朝速玉神社へ行ったとき、私は社務所で、なぎ人形というものをもとめた。梛《なぎ》は辞書に「暖地に自生する、まき科の常緑高木。雌雄異株。材は床柱・家具用。樹皮は染料用」と記されている、速玉神社の神木である。そして、なぎ人形はドングリよりやや小粒なその実に男児と女児の顔を描いて、青い紙の衣服の男児と、紅い衣服の女児の一対が折り畳まれた大ぶりな熨斗のなかにおさめられているもので、その熨斗が縦長な板に貼りつけてある。

神殿への参道が直角の鉤の手に曲るようになっている、ほぼ正面の位置にある巨大な神木の前を通りかかったとき、間淵はとびあがって、縦七センチ、横一・五センチほどの両端が尖っている笹に形状の似た葉の一枚をもぎ取ると、両手の親指と人差指の爪を立ててその葉をまん中から縦に裂いて私にみせた。普通の木の葉の葉脈は縦に一本主脈が通っていて、支脈がその両側へ左右相称か、もしくは交互にひろがっているものだが、梛の葉にはそういう葉脈がなくて縦に裂けてしまう。さらに爪を立てて引っ張ると次つぎに縦の裂けめが出来ていくのだが、笹の葉の形を想定して、その中央部に縦の裂けめが一本通っている形状から、人はなにを連想するだろうか。くわえて梛の木は雌雄異株だということだし、速玉神社の神木には人形の頭《かしら》になる実が成るのだから雌株に相違あるまい。

私は間淵が爪を立てて最初に一本の裂けめをつくったとき、女陰を連想した。そして、数えでは二十六歳、満では二十五歳だった昭和十一年秋のあの紀州旅行は、まさにその梛の葉——女陰から女陰をたずね歩いた旅にほかならなかったと気づいた。

それは『カスマプゲ』の歌詞やメロディーにも、いわんや間淵の容貌にも、なんの関係もなかった。たまたま彼がゆっくりと首を振りながら『カスマプゲ』を歌っていたちょうどそのとき、私はそんなことに気づいたのであった。できるだけ薄くと注文したコップ一杯の水割りを、その夜めずらしく私は二時間ほどかかって飲みほした。

大君の辺にこそ死なめ
かへりみはせじ

来る日も、来る日も歌わされていた、海軍に最下級兵として応召中のことが思い出された。そのころの私は、ちょうど現在の間淵とほぼ同年であった。われわれの世代は、そういう世代であった。間淵と私とでは、世代が違う。

＊

旅に出て、私は迷惑な雨に降られたことがない。日が暮れてから降りはじめても、朝になるとやんでいた。ロンドンでも、そういうことがあった。パリやローマでは、まったく雨に遭わなかった。が、紀州旅行の三日目は夜来の雨が降りつづいていた。その雨中を「串本応挙芦雪館」として知られている、円山応挙晩年の作と長沢芦雪の龍虎図で名高い無量寺に立ち寄って潮岬へ着いたころには、煙るように猛烈な横殴りの豪雨に襲われたが、岬から枯木灘の沿岸へ出たころには嘘のように霽《は》れあがった。

「ほんとに、晴れ男ですね」

前日、私が車中で自身の旅と雨の関係を話していたので、ハンドルを握っていた堺が感歎したように言った。

以前私が通ったのは古座街道で、はじめてみる枯木灘はまぶしいばかりの陽光の下にあった。黒島茶屋で昼食をとってから大辺路《おおへじ》づたいに周参見《すさみ》、椿温泉を経て白浜へ出たが、駅前から温泉場までの距離は私の記憶よりやや遠かった。が、温泉場へ入っていって、両側に古い旅館やみやげもの店が軒をつらねている道筋へさしかかったとき、変ったといえばいえるかもしれないが、見おぼえがあるともいえなくはないという感じを受けて、私にはたしかにこの通りだったに相違ないという確信のようなものが浮かんできた。四十年は遠いむかしだが、つい昨日のことだといえば、そんな感じも、そのときの私にはあった。接した女の体臭までが、まざまざとよみがえってくる思いであった。

海岸へ出て砂をすくったのはそのあとのことだが、みやげもの店のならんでいる道を堺の運転してくれる自動車でゆっくり通りぬけた時点で、こんどの私の旅の目的は終っていたようなものであった。

「和歌山は、コーヒーのうまいところですね」

なかばまで私は本気で言ったが、剰った時間を消すために入った駅前の店についても同じことが言えた。間淵と堺はゆく先ざきの店でブロック崩しのテレビゲームをたのしんで、その店でも熱中していた。それらの機械は、まだインベーダーが出現する以前のものであった。

堺とわかれて、白浜で間淵と乗りこんだ急行列車は一六時八分発。天王寺で焼肉を食べたが、私一人であったら、あるいは白浜での消暇をとりやめて普通列車に乗りこむか、焼肉をやめて道頓堀界隈を駆け足で歩いていたかもしれない。が、結果的にはそうしなかったほうが、やはりよかったのではなかったろうか。

「もう来たらあかんよ」

言いながら涙をためた大阪の女の、血管がすいてみえるほど白いなめらかな左の二の腕の内側には青い黒子があったが、変りはてた大阪市街の現状には、四十年以上も拭き消されなかった私の記憶を、なんらかのかたちでうちこわすものがあったに相違ない。

タクシーでは却《かえ》って時間がかかるために地下鉄で新大阪駅へ出て、二〇時三四分発のひかりで帰京した。

2

ひどい不況の時代で、昭和八年に学校を出た私は雑誌社へ就職するまでに半年ほど浪人を余儀なくされたが、その雑誌社は経済的なゆきづまりから十年の八月に倒産して、臨時採用試験を受けた結果、おなじ年の十月に新聞社へ再就職した。二・二六事件に遭逢したのはその期間のことで、事件そのものが直接の原因ではなかったが、見習社員に過ぎなかった私は夜勤と宿直を交互に課せられた上に不眠症がかさなって、七月四日の満二十五歳の誕生日には高熱を発して、勤務中に帰宅せねばならぬ状態におちいった。そして、肺門淋巴腺炎と診断されたために四十日ほど欠勤して解雇されてしまった。それが、サラリーマンとしての私には躓《つまず》きのもとで、鎌倉にあった別荘で療養につとめてどうやら健康だけは取り戻したものの、その甲斐もなく就職口はどこにもなかった。私にとって、昭和十一年とはそういう年度で、山の手の花柳界で待合を経営していた母から紀州旅行をしてみないかと言われたのは十月なかばのことであった。

「うちで使ってるHっていうお酒の醸造元なんだけどね、お得意さまの招待旅行をすることになって、汽車賃や宿銭から途中のお弁当代までみんなただで、解散のときには帰りの切符のほかにおみやげ代として五十円くれるっていうことだから、あとは一人で京都へでも寄ってきたら」

日程表をみると、東京駅を夜行で出発して翌日は和歌山見物のあと、和歌浦で昼食ののち白浜で一泊して解散というものであった。そのとき渡されるという五十円は、学卒者の初任給が六十円の時代であったから悪い条件ではなかった。

「ただね、よばれてるのが待合や料理屋のご主人で、お爺さんやお婆さんばかりだから、それがどうかと思うんだけど、あんたさえよければ」

念をおされるとあまり気が進まなかったが、母の言葉にはそのときになって私に落胆させまいとする誇張があったはずで、待合や料理店の主人のなかには中年の者もいるだろうし、紀州ははじめての土地だったので行ってみようかという気になった。

「そんな中へ入って恥をかくといけないから、これも持って行きなさい。むこうで渡されるものも、みんな使って来ちゃっていいのよ」

別居していた私に、母はその場で五十円よこした。その金が、私にふんぎりをつけさせた。

三十名ちかい同行者とともに東京駅を出発して、琵琶湖のあたりで夜が明けた。あとでわかったことだが、京都から私と通路ひとつへだてた席に乗りこんできた私とほぼ同年の二十五、六歳かと思われる女はヤトナで、六十歳ぐらいかと思われる下谷の待合の主人で米村という和服を着て五分刈の胡麻塩頭の男の隣りへ坐って、一つの駅弁を分け合って食べた。私が若かったというだけではなく、当時の六十歳には老人という印象があった。そんな老人が相手であったのにもかかわらず二人の仲はいかにもむつまじげで、私が彼等に感じたものが嫉妬だと気づいたのは、翌朝まで米村に付き添っていたその女の気のくばり方が、通常の細君などとは比較にならぬほどこまやかにゆきとどいていたからであった。

私がヤトナというものを身近かで目撃したのはそれが最初であったが、三味線が弾けて踊りもできるところは芸者でもあって、客が旅館などで何泊かする場合には下着まで洗うというようなところは女中でもありながら、夜のお伽もするらしいことが私には次第にわかってきた。私などのどこがどう気に入ったのか米村も女に命じて、たとえば煙草の火をつけさせるとか、なにかと私の世話をさせた。

米村が彼女をなんと呼んでいたか、思い出せない。紀三井寺などに寄ってから白浜の旅館に着いたが、夕食のとき米村と私の間に坐った彼女は、私の食膳の伊勢海老まで手ぎわよくほぐしてくれた。

「ほな、うちがいただきますわ」

私が刺身を食えないのだと言うと、自分の膳に取った。気さくな上に、どうして芸者ではなくヤトナになっているのか疑わせるような美人であった。酔いがまわると、なまめかしさが加わった。

私が夕食をすませたあと、同行者の誰にも告げずにそっと一人で宿をぬけ出て白良浜へ歩をはこんだのは、米村に対する嫉妬にたえかねたからであったが、白浜の繁栄の元となった紀勢西線が開通したのは昭和八年だから、私が行った時分にはまだどこかに新開地めいたものがあった。夢幻の世界をさまよっているような感じのあった砂浜のはずれまで歩いていって商店街へ引き返してくると、一軒のカフエの表に、店内からもれてくる光線を背にして立っていた女給に呼びこまれた。逆光線が、美人と錯覚させたためであったかもしれない。

どんな容貌であったか、それも今は記憶から落ちているが、私はアルコールが駄目なので、もっぱら三人ほどの女給にビールを飲ませて自分は落花生かスルメか、そんなものを口に入れていて、頃あいをみはからって言った。

「今夜、俺の女房になりたいのは誰だ」

「わてにきまったあるやないか」

即座に応えたのは、先刻私を呼びこんだ女であった。私もその応答を予期していたので、女にみちびかれるままに店の奥から階段というよりは梯子のようなものを昇っていって驚いた。

あれは、一体どういう構造になっていたのだろうか。二階は電燈こそ点いていたものの人っ子一人いない、妙にしいんとした感じの百畳敷の大広間であった。その大広間の下に、小さなみやげもの店にまじって、そのカフエもあったのであった。

大広間を通りぬけて、どこか小さな部屋にでも連れていかれるものとばかり思いこんでいた私の予想は、しかし、完全にはずれた。女はその大広間の襖を開けると、そこから座蒲団と坊主枕を取り出すなり、帯を締めたままあおむけに身体を横たえて着物の裾を割った。

「冗談じゃない。こんなところじゃ、気が散って駄目だよ」

私は、立ったまま上から女をみおろして言った。が、女は平然としていた。

「まわりを見るからあかんのや。眼の前の襖だけ見とったら、せまい部屋と変らへんやないか。誰ぞ来るとあかん。早うし」

女は割った着物の裾をさらにひらいて、太腿をみせた。

それでも男女の行為が遂行できたのは、やはり若さのせいというほかはなかった。
堺の運転する自動車に乗って、間淵宏とともに現在の白浜温泉の商店街を徐行してもらったとき、私はその通りに見おぼえがあるとも言えなくはないという感じを受けたのであったが、いま、あの百畳敷の大広間はどうなってしまっているのだろうか。

翌日は、各自がおみやげ代という名目で五十円ずつ渡されて朝のうちに解散ということになったが、朝の食膳にむかったとき、米村は昨夜と反対に女と私の間に坐って相談を持ちかけた。自分は此処で女を京都へ帰して、潮岬から那智の滝を見てハイヤーで新宮へ行くつもりなので三人の連れをさそった。が、そのハイヤーは大型なのでもう一人坐れるということだから、よければ私にも参加しないかというのであった。

「今夜は新宮へ泊って、明日はプロペラー船で瀞八丁をみたあと本宮へお詣りしますが、夕方までには大阪へ着けますから、どうです。お忙しければ別ですけれど」

浪人中でことわる理由など一つもなかった私は、よろこんで好意にあまえさせてもらうことにした。

「おい、行ってくださるそうだよ」

米村が言うと、

「よろしましたなあ。……うちの人、あんさんも行《い》てくれはらへんやろか、気イ揉んどりましたんや。おたの申します」

女は、米村と私に半々に言って頭をさげた。そして、発車時刻の関係から列車でそのまま帰京する他の人びとより私たちのほうが一と足先に自動車で出発することになったとき見送りに来た女は、米村が最初から道連れにしたがっていたのは私であったのに、妙に遠慮をして他の人を先に誘ってしまってから、座席にもう一人坐れると聞いてやっと私に申し入れたわけだと、それまでのなりゆきを話した。そして、部屋へもどってからも大変よろこんでいたので、今夜はどこかへお連れしなさいと言っておいたと小声で言った。

確証があるわけではないが、そのとき私たちが白浜から乗ったハイヤーはこんど間淵たちといっしょに通った枯木灘ぞいの大辺路ではなくて、周参見から獅子目峠や湯ノ花温泉を経て古座に至る古座街道ではなかったのだろうか。

ほかでもない。私には海岸を通ったという記憶がないのに反して、山間部のはるか眼下にみおろされる狭小な低地には屋根に赤瓦などをのせた木造ペンキ塗の家屋が多くて四、五軒、すくなければ二、三軒ずつ寄りかたまるように建っている集落などがところどころにあった。そして、それらは南米あたりへ出稼ぎにいって小金をためて帰国した移民たちの家屋だとのことであったが、生活には不足のない金をにぎっていても土地の人びととはなじめぬままに、そんな場所で孤立的な日常をすごしているのだと聞かせてくれた運転手の話をおぼえているからである。大辺路の地勢と、そういう話とは結びつかない。

潮岬の次に那智の滝を見てから新宮の町へ入ったときには、日が暮れていた。食膳に鰻の蒲焼がのぼったことが、他のいかなる旅でも経験したことがなかっただけに、印象にのこっている。

食事がすむと、白浜を出発するとき彼の連れのヤトナが小声で言ったように、私は米村に連れ出された。それが浮島の遊廓だったわけだし、その家には電蓄をそなえつけてダンスができるようになっているホールがあったから、こんどの旅で山根伊佐夫にともなわれていった材木商の榎本から教えられたこととつなぎ合わせれば、浪花楼だったということになるのだろう。榎本に会うまで、私はそのダンス場を階下の玄関のすぐ脇にあったように思いこんでいたが、二階だったと言われて却って腑に落ちた。すくなくとも玄関脇の位置にあったら、あの夜のような私たちの行為はあり得なかっただろう。そんな点ひとつをとっても、こんどの私の旅は私の記憶の軌道修正に役立った。

宿のドテラを着てホールの壁ぎわのソファに浅く腰掛けながら、倒れたような姿勢で背というより首をクッションによせかけていた米村は、さまざまな注文を出しながら衣類の下の自身の局部を遊女にまさぐらせていたが勃起しなかったらしく、そのうちにその女の耳へ口を寄せてなにやら言っていたかと思うと、十円札を一枚取り出して相手に渡してから私に言った。

「こういう遊びは、あんたのような若い人が自分一人じゃできないことだから、ようく見ておきなさい」

米村がそれまで腰をおろしていた場所をどくと、遊女はソファの肘掛けを枕に身体を上向き

に横たえてから、片手で顔をかくしながら紅い長襦袢の裾をひろげて、覆うもののなくなった
胯間を大きく左右にひらいたまましばらくじっとしていた。白く太い二本の道が左右からゆき
合ったところに黒い森があった。そして、その森の奥が電燈に照らし出されていた。
女は一人きりしかよばなかったのか、あるいは私のためにもう一人よんであったのか、それ
すらも私はもうおぼえていない。おぼえているのは、鼓膜がガンガン鳴って、息がつまるほど
苦しかったことだけである。

3

プロペラー船はウォータージェットに代って、現在では以前の磧よりよほど川上の志古とい
うところがターミナルになっている。こんどの旅行では、整備された熊野川ぞいの右岸の道路
を自動車でいって、そのターミナルも私は見ている。が、米村たちと行ったときには熊野川の
河口の磧からプロペラー船でさかのぼって本宮を参拝したあと、予約してあったハイヤーで中
辺路を朝来《あっそ》へ出て、予定どおり紀勢西線で夕刻には大阪へ着いたものの、その夕刻が何時ごろ
で、米村とはどこでわかれたのであったか、いまはその記憶も完全に脱落してしまっている。
あのときの私は、どういう状態におかれていたのであったろうか。
現代における健康とは病気からの恢復であるというような言葉を、なにかで読んだのもその
ころだったような気がするが、病みあがりの恢復期が、異常な「健康」を私にもたらしていた

のであったかもしれない。潤沢な小遣いを所持していたこととも、無関係ではなかったろう。その旅に出て以来大阪ではじめて一人きりになった私が芝居裏とよばれていた地帯へさまよいこんだのは、往路の東海道線で京都からなじみのヤトナを乗りこませたり、新宮の遊廓で特異な遊び方をした、その道にかけてはすべてを知りつくしていた米村の暗示か指示にしたがった結果であったに相違あるまい。

芝居裏は、道頓堀にかかっている戎橋の南側に現在もある角座や中座のすぐ裏手にあった私娼街で、せまい道路をはさんだ両側に建ちならんだ娼家の入口には、軒ごとにいわゆる遣手婆に相当するおばはんが毛布などを膝にかけて嫖客を待っていたもので、私はよびこまれもしなかったのにそのうちの一軒へ入って、一時間という約束で娼妓をよんでもらった。東京の吉原、品川、新宿あたりの遊廓はもちろん、玉の井や亀戸ともまた違っていたところは、芝居裏の娼家が妓楼ではなくて、客があがると置屋から娼妓がよばれてきたことで、そういう仕組みに関するかぎり東京に例をとれば待合に最も近いかたちのものであった。したがって、どれほど短距離にせよ娼婦はいったん置屋から出先までのあいだは外を歩くので、服装や化粧もどこか素人にちかい。

「どないしはりましてん」

おばはんに自身の好むタイプや年齢などの希望条件をのべたあと、日本風な表構えにもかかわらずベッドの置かれてある白い漆喰塗の洋風な二階の一室へ通されて待っていると、まもなくドアにノックがきこえて入って来た娼婦をひとめ見るなり、私は思わず声をあげそうになった。そういう私の顔をみて言ったのが、その娼婦の最初の言葉であった。

「……あんた、高知県の中村町の人じゃないのか」

「なんでわかるん。中村町やおまへんけど、土佐だす」

「びっくりしたよ」

「なんや、いきなり。こっちかて、びっくりしたわ」

唇を結んだまま、頬だけで小さく笑ったが、その笑顔がなんともやわらかであった。年齢は、ようやく二十歳ぐらいかと思われた。あるいは、十九であったかもしれない。色白で、睫毛の長い瞳の大きな眼が冴え冴えしていた。

「そうか、ごめん。……俺の知ってる人に、あんまりそっくりなんで、その人が入って来たのかと思っちゃったんだ。……その人のほうが、あんたより年上だけどね」

その人というのは、雑誌の編集者をしていたころ、原稿をもらいに訪問した実業家の夫人で女流詩人だった人の家で、紅茶などをはこんで来たために知り合った詩人の姪で、いちど新宿で偶然ゆきあっていっしょにお茶をのんだあとも、先方から電話が掛かってきたりこちらからも掛けて、銀座や池之端などを歩いたりした。展覧会や、映画館へ行ったこともある。美術学校の画学生で、休暇で帰省中にも絵をかきそえた手紙をよこした。その郷里が土佐の中村町であったが、私が新聞社へ入ってからは夜勤が多くなって逢う機会がうしなわれていくうちに、彼女は学校を卒業して郷里へ帰っていってしまった。それだけの仲であったと言ってしまえばたしかにその通りには違いなかったが、戦前の青年にそういう機会はとぼしかった。それだけに、忘れがたいものがあった。

「そのひと、好きやったんでしょう」

背をむけて浴衣に着かえてから、女は言いながらベッドに入ってきた。

「むこうは、どうだったかな」

鎌倉で療養していたとき手紙を出したが、返事は来なかった。それからでは、まだ何カ月も経っていない。その娼婦にくらべればいくらかは色の黒い画学生の頬にこまかい雀斑のあったことが妙になまなましく思い出された。

「結婚したい思わはったんでしょう」

「片思いだったのさ」

「片思いて、なんや。うちが、その人そっくりや言うたでしょう。なら、うちをその人や思いなさい。結婚したげる」

私の左腕に腕枕をしていた女は、上をむいて身体をひらいた。前夜、新宮で米村がさせたような姿態こそ要求しなかったが、女は私の言うなりになった。態度というより、肉体そのものが、いかにも柔順であった。終っても、腕をほどこうとしなかった。

「あのな、そのうちに頭の上でベルが鳴るよってに、驚かんようにな」

「あと、十分やいう知らせだすねん」

枕の下に入れておいた腕時計を取り出してみると、それまでにもう三、四分しか残っていなかった。

「もう一時間のばすってこともできるんだろう」

「そら、でけます」

「じゃ、階下へ行って、そう言っといでよ」

「のばして、くれはるん」

「ああ」

「うれしいわあ」

言うなり、私の顔を両手ではさんで唇を強く吸った。そして、階下へ行って引き返して来ると、私の身体の上に覆いかぶさった。

私はそれまで、幾人その種の女に接していただろうか。さまざまな場所で多くの女と肌を合わせても、その女の場合ほど自身の肉体にぴったり合うという感触を得たことはなかった。やわらかくて、なんの抵抗も感じさせない、そのくせ、深く吸い込んだ。

「色が白いから、白粉はいらないんだろうけど、口紅もつけてないんだね」

「口紅、好きやったら持ってるから塗ろか」

「ベルが……」

「いや、いい。……そんなことより、まだきみの名前を聞いてなかったよな」

それまでの私には、めずらしいことであった。それほど、その女の顔を見た瞬間の衝撃が大きかったということなのだろう。たしかに、彼女はあの画学生に似ていた。が、肉体を重ねたことによって、まったく別の女になっていた。

「そんなもん、どうかてよろしやないか」

「なんていうんだ」

「ツル、いいますねん」

「ツルって、鳥の鶴かい」

「鳥やおまへんやろ。イモのツルやら、鍋のツルやら、片かなのツルだすねん」

自嘲的に言った。芝居裏には長崎県五島の女が多くて四国の者はめずらしいのだが、自分は四万十川上流の水呑み百姓の娘だと言った。当時の貧農の暮しは、ひどいものであった。

「農家で生まれても、こんなにほそ長い桜色の爪や、こんなに白い肌の人がいるんだね」

「いや、こそばゆい」

左の二の腕の内側に青い黒子をみつけて、そのへんに指先をやると、その腕を私の首筋に巻きつけて、薄くほそい舌を私にふくませた。そして、自身のなかへ私を入れた。

「もういちど階下へ行っといで、もう一時間のばすから」

彼女が汗ばんだ身体を私からはなそうとしたとき耳許でささやくと、その顔に俄かにけわしい表情が浮かんだ。

「あかん。そんなことしたら、あかん」

「どうしていけないんだ。そういう規則になっているんなら、別の家へ行って、もう一度あんたをよぶよ」

「そんなんと違う。そんな規則て、あらしまへん」

「じゃ、金かい。……金なら、今は旅行の帰りでまだかなり沢山のこっているから心配はいらない」

「持ってはったら、よけい心配や」

「なにが心配なんだ。変な金なんかじゃなくて、ほんとに俺の金だよ」

「あんた、前途のあるお方やないの」

至近距離で私の眼にみいっていた彼女の口から、突然そういう意外な言葉が出た。

「前途……」

十代から小説の手習いをはじめて、それまでにも若干の原稿料といえるものを受取ったことはある。が、文学で一生をつらぬけるという自信はなかった。雌伏十年という言葉が、ことなげに言われていた時代であった。それに、二・二六事件以後は文学者にますます不利な社会状況を予想させる。月給取りの生活も二度経験したものの、一度は社が倒産して、二度目は病気で解雇された。落伍者という絶望感はいだいていても、前途などというものは考えられなかった。

「そんなもの、俺にはありゃしない」

「あてらな、まだお婆ちゃんやあらへんけど、こないな商売してて毎日いろんな男はんみてるよってに、人を見る眼エはある。あんたはんは、前途のあるお方や」

「そうかい。そりゃ有難いね」

すこし面倒になって、はぐらかすためにもういちど引き寄せようとすると、考えられないような力で強くはねのけられた。

「真面目に聴いてえな」

おかしがたい、という顔になった。

「その人なあ、細川はんいうて、今のあんたと同じぐらいの年やった。堅い会社の勤め人やったけど、初めて来はったとき、あんたと同じように、一時間を二時間にして、二時間を三時間にしはった。あてはまだこの商売に出て間もないころやったから、言われるままにしたら、それが病みつきいうんかいな、毎日来はるようになってしもて……」

「会社の金を使いこんじゃったのか」

「そうや。それで会社をクビになってしもて、若いのんに前途を台なしにしはった」

「俺は、そんな馬鹿なことはしないよ」

「……と、思わはるやろ。……ところがや、その次に来はった茨木はんいう人が、あての話を笑ろておきながら、細川はんと同じことになってしもてん」

「そういう連中も、いることはいるんだろうね」

「真面目に聴いて欲しい言うたでしょう。……その二人だけやおまへんねん。これまでに、六人もおったんや」

「六人……」

訊き返さずにいられなかった。

「そう。……その六人が六人とも、家へ帰ったら、あくる日からはどうにも来んとおられんようになった言わはるねん。……男はんのせいやない。あての身体がそうなんや。ほんまに、あての身体どうなってるんやろ。続けば、続くほどようなる。……置屋の女将《おかあ》はんから言われたんやけど、うちみたいな女子《おなご》は魅力があるんやのうて、魔性いうんやてな。……言われてから、自分が自分で恐ろしなってきたよってに、あんたにはそんな目エに遭わしとないの。……お願い。もうこれきりで帰っとおくれやす」

「俺は大丈夫だよ」

「みんな、そう言うた。……けど、初めて来て三時間おらはった人は、みんな同じことになってしもた」

「俺は東京の人間だから、そう簡単には来られないもの」

「でも、あんた、さっき旅の帰りで、まだ沢山のこってる言わはったやないか。……あては、持ってはったら、よけい心配や言うたでしょう。……今日はええ。あては、明日《あした》が恐ろしい。……今日はこれきりにして、夜行で東京へ帰って……。な、な、そうしてちょうだい」

両手で私の肩をつかまえて、前後にゆさぶった。

「わかった。……帰るよ」

真剣そのものというほかはない女の顔をみて、私は言った。

「ええな、約束してくれはるな」

「ああ」

「もう来たらあかんよ。ほんまに、来イへんな」

言っているうちに、瞳の大きな眼にみるみる涙がたまって、ついにあふれた。

「来ない。……ゲンマンしよう」

私が右手の小指をさし出すと、女はその指を軽く払いのけた。

「小指のゲンマンなんて、子供のすることやないか。大人のゲンマンは、ここでするもんや」

言うなり私をみちびいて身をよじると、みだらになって激しくあえいだ。そして、狂ったように声をあげて果てた。

＊

その夜、私が有馬温泉に着いたのは、かなり遅い時刻になってからであった。

私はその旅に出るとき、二冊の薄い書物を携帯していた。一冊は小山書店から刊行された「新風土記叢書」のために書きおろされた佐藤春夫の『熊野路』、もう一冊はシュトルムの『みづうみ』で、関泰祐の訳した岩波文庫であった。奥付をみると前者は昭和十一年四月四日、後者は同年三月三十日の発行だから、ともに新刊書だったわけである。前者は往路の夜行列車で読み終っていたので、有馬の宿では眠れぬままに後者のページをひらいた。そのなかに、次のような詩があった。

迷ひにけらし旅の子が
行方わかたずなりし時、
道のべに立つ少女子が
さして教ふるわが家路!

大阪の芝居裏のツルという別れてきたばかりの娼婦の眼からあふれ出た涙が、おもいうかんだ。

ツルは、私を前途ある男だと言った。

その私は、そのときなんの収入もなくて、東京の山の手の花柳界で待合を営業している母から、経済上の一切の面倒をみられていた身であった。

にもかかわらず、明日は京都へ寄って宮川町へ行こうという考えがうかんだ。なんの働きもなく母に養われている身で、なおこのうえ放蕩にふけって恥かしくないのかという反省が痛いという実感をともなって私を突き刺したが、親不孝もできないで小説が書けるかという言葉もうかんだ。それが不徹底だから、自分は駄目なのだと思った。恐らく、それは自己の正当化であったに相違ない。が、小説を書く以外のどこに私の前途はあったろう。

自分のような者に「あんた、前途のあるお方やないの」と言って、無理にも芝居裏から私を去らせたツルという娼婦の肉体がもっていたぬくもりとやわらかさは、まだ私をやさしく抱きしめていた。

〔1979年「文學界」9月号　初出〕

新芽ひかげ

口のわるい客は、猫の額だと言った。女将のお孝は、箱庭だときめこんでしまって、さのみ気にかけてもいない。ぐるりを廊下にとりかこまれた、ささやかな中庭である。

四谷大木戸の、都という待合であった。

ひょろひょろと伸びて、背だけがいたずらに高い。葉末は二階の屋根を越してしまっているけれども、いちにち陽というもののささない根元は黝《くろ》ずんで、かなしいほどほそっこい。女竹であったが、その根脇に石燈籠を据えて、下草には藪柑子がくばられている。石燈籠には「清風明月」の四字が彫りきざまれて、濡れたあつい苔をかぶっている。藪柑子は季節におくれて、ちいさく紅い実をむすぶ。ここでは、植物までが装飾であった。昨年の夏、植木屋をいれてつくらせた蹲《つくばい》に、いまもチロチロと清冽な水が落ちている。懸樋は水道仕掛けであったが、栓の具合にかげんがしてある。垂れながしではなくて、雫落しにしてあるから、点滴のありさまが見た眼にもすがすがしい。

部屋にいて、畳に掌の平をついて、じいっとそれを見据えながら、お孝が信濃町の家に行こうとおもいついたのは、まだどこかに、落ちかかる夕陽の色が充分のこっている時刻であった。

信濃町には彼女の息子が、媼やとふたりで住んでいる。辰郎は大学を卒業して、もう来年は三十になるが、終日家にいて本ばかり読んでいた。酒も飲まないし、これという女性との交渉もないらしい。お孝のわたしてやる金に満足して、それ以上には欲しがらない。そのかわり、自分からはすすんで生活の資を得ようというだけの意志も見られなかった。

穏やかでいい息子さんだと人からも褒められるし、お孝もそれが得意であったが、他人にこれという身の襤褸《ぼろ》ひとつ見せないことは、やはり肉体の力が弱くて、精神に活気のとぼしい証拠であった。いつまであんなことをしているつもりかと考えるが、いつまでそんなことをさせて置こうというのか、お孝にも自分のつもりがわかっていない。知能の低い子や不良の子供を持った親の気持にくらべるとき、彼女はわが子ながら辰郎の前に掌を合わせたいような気持になったが、掌を合わせるという言葉から、あの息子はもう死んでいるのではないかと、たよりない連想がうかぶ。眠っているような青年であった。

都では、ちょうど夕方の拭き掃除がはじまったばかりである。女中たちは尻っ端折りをして、三和土に水を流すやら、廊下に艶布巾をかけるやら、てんでにいそがしく立ち働いていた。はたらきながら歌っている。二階座敷へお誂えの料理をはこぶときにも、彼女らは歌っている。それはかならず、安っぽい流行歌にきまっていた。お孝がどれほど眉をひそめても、いまどき、誰ひとり「春雨」や「香にまよう」など、こんりんざい歌おうとはしない。

お孝は立ちがけに、卓子の脚を指先で撫でてみた。埃がついている。名前を呼んで、小婢《こおんな》にそこを拭かせた。客をする商売だから掃除にはやかましいのだが、必要にうごかされるよりは、もう潔癖という性格のようになっている。

玄関へ出てみると、そこでも歌っていた。彼女の顔を見て、履物をそろえて出す女中に、水を撒いたあとは、かならず箒ですっかり押し流してしまわなくてはいけない、と注意をあたえた。このごろの客は、みんな靴を穿いている。三和土に一歩踏み込んだとき、びしょびしょしていては感じのいいはずがない。

お孝は坐ると膝だけをかくすくらいの、短い白ポプリンの前掛けをしたまま、新宿シネマの脇から電車通りへ出ていくと、通りがかりのタクシーに手をあげた。ステップを踏む拍子に、束髪の結び目へ掌を当ててみると、今日もまたルイズ（束髪の結び目をかくすための付け髷）を忘れて来たことに気づいた。が、彼女は何事もなかったかのように、そのまま後ろ手で扉をしめた。

信濃町ね、駅のすこうし手前のところ、と言った。

＊

その前日の午後、八重藤からの使いで、女将《おかみ》さんにお閑でしたらちょっと来ていただきたいという伝言があった。行ってみると、青柳の喜伊子の話であった。八重藤も青柳もひとつ土地の待合で、都のお孝にとっては、いずれがいずれとも言えぬほど親しい間柄である。喜伊子は青柳の養女であった。

青柳は無学な人間だからと言って、なるべく公の席には出ないようにしているし、そういう場所へ出るときには、つとめて隅のほうで控え目にしている。待合の女将でありながら、三味線も弾けなかった。自分で帳場の切りまわしはしていても、文字は仮名だけしか読めもしなければ書けもしない。——そういう女であったが、義理にはかたくて、気持のあたたかい、親切な性格である。

娘の喜伊子は、まだ乳呑児のうちに引き取られたが、誰にいつきかされたのか、貰い子であることは疾うから承知していた。女学校を卒業して、いまでは長唄と生花と習字の稽古にかよっている。今年、二十一の娘ざかりであった。

八重藤も、無学ということではおなじであったが、青柳のすべてに内輪なのにくらべて、開けひろげな明るい気質である。かつぎやで、易《えき》に凝っていて、そのほうの交際がせまくなかったから、知識は思いのほか豊富であった。文字の心得があって、俳句をたのしむことも知っている。俳諧の交友などから、いつか茶の湯にも手を染めるようになって、いまでは三人の弟子を持つほどの手並みになった。弟子は三人とも若い娘であったが、そのうちの一人は、物理学校の教師を父に持っている。八重藤は、学校などへ行かなくても努力次第では、自分が欲しいと思うだけの教養ぐらい、誰でも身につけることが出来ると言っている。そういう自慢をするところが彼女の疵《きず》で、高慢な鼻が、人から好かれない原因であった。

茶の湯の弟子の一人が、たまたま物理学校教師の娘であることを誇りにして、鬼の首でも取ったほどに言い触れてあるくくせに、八重藤は学校を軽蔑する。——お孝の息子の辰郎だって、なまじ学問などをさせたからこそ、あんなはんぱな男になってしまったのだと考えている。青柳が喜伊子を女学校へ入れると言いはじめたときにも、待合の娘に女学校を出させても仕方があるまいとか、受験勉強をさせて、もしも病気にでもなられたらどうするのだとか、いろいろけちをつけた。彼女には、そうしてやることのできる息子や娘を持っている者が、憎らしくてたまらない。

八重藤も青柳も、お孝にとってはおなじ仲のいい友人であったが、八重藤の口から青柳の名が出るとき、お孝は楽な気持で聞くことができなかった。青柳は内気で、他人の陰口をきくような女ではなかったが、八重藤は何かにつけて青柳を目のかたきにする。三人はお孝を通じるときだけのしたしさで、お孝をのぞいた場合の二人は、心のうちに尖った反目をひそめている。そして、そういう啀《いが》み合いは、たいていのばあい喜伊子が原因になった。だからこそ、青柳も、八重藤の耳にだけは喜伊子のどんなあやまちも聞かせたくないと念じる。口に出して、喜伊子にも、そう言ってきかせた。喜伊子こそ災難であったが、八重藤のそうしたヒステリーも、いわれのないことではなかった。

彼女にも、いま生きていれば、二十三になる、昌代という娘があった。土地の誰彼から三味線にかけては天才だとはやされて、師匠からも折紙をつけられていたが、肺結核で十七歳が一期になった。死んだ子の年をかぞえるのは、親の情だろう。昌代は、八重藤の記憶のなかで、年ごとに美しく成長していた。——あのころは、昌代がたてで、そのわきを弾いていた喜伊子が、その後も稽古にかよいつづけて、このごろではめきめき上達していると聞くにつけても、八重藤の追憶は深くなる。うちの昌代が生きていてくれたら、青柳の娘になんぞ負けるものではないと、彼女はおぼつかぬ思いで家にもどって静かに簞笥の抽斗《ひきだし》をあける。そこには、六年前に亡くなった昌代の衣服が、今も昔のままにしまわれてあった。誰かいないかとあたりに注意をくばってから、彼女はそっとそれに片袖を通してみる。すると、かすかに、おかあちゃんという、あまい声が耳の奥をくすぐる。ふかく沁みこんで、つんと鼻を打つナフタリンの匂いに、十七歳の少女の体臭を嗅ぎ取ろうとするのだが、切ない願いの徒労であった。

桜の季節になって、この土地でも観桜を名目に、芸者や使用人たちの健康休日があった。昼だけ休んで、夜は平常のように営業をする。

慰労会ということで、やはり土地の役員だけが熱海へ出かけたのは、それからさらに一週間ばかりのちのことである。

一泊旅行で、部屋割りの関係から、八重藤と青柳は枕をならべることになった。もうひとり相部屋をしたのは、蔦栄楽という、これは芸者屋の主人である。——事ごとに反目をするといったところが、しかけるのはいつも八重藤の側で、青柳はそれを受け流すだけの度量をもっている。八重藤も子供ではなかった。ところきらわず、喧嘩を売ってばかりいるわけではない。寄るとさわると、このごろは税金の話であったが、その夜の三人の話題も、その例に洩れるものではなかった。いよいよこの四月一日を期して実施されることになった、遊興税と飲食税のことである。

芸者屋のほうは、いままでどおり待合から支払いを受けて来れば済むことであったから、新制が実施されたからといってかくべつの面倒はなかった。が、待合は客との直接交渉で、そう簡単なわけにはいかない。客に差出す〆書にしても、煙草であるとか、帰りの自動車代というようなもののお立替《たてか》えには税がかからないのだし、遊興税と飲食税では、二割と一割という二た通りの計算をしなければならない。小計をして、税を割り出して、〆め合わせるという、ただそれだけのことであったが、客が帰ると言いはじめて、咄嗟に計算をするには、いままでにくらべて、かなりめまぐるしいものがあった。

しかし、新制といっても、それは要するに、然るべきものを客の手から受け取って、納税の義務さえ怠らなければ、それで済むことにはちがいなかった。よしんば、これまでは一度の合算ですんだことが、新制によって三倍か四倍の手数になったからといって、馴れてしまえば、やがてそれも大した苦には感じられなくなるだろう。常識からいえば、簡単なことに違いない。――その単純で容易なことが、しかし、理窟通りにはいかなかった。というのは、これが、この社会の言葉でカゲと称する、つまり営業以外の営業に対する処理を、いかにすべきかという問題に直接かかわって来るからである。

芸娼妓とひとくちに言っても、芸者は公娼ではない。カゲはあくまでも表立ったものではなくて、この場合の玉祝儀は、闇から闇の取引に属する。表むき見番には通さなくても、待合と芸者屋のあいだでは金銭のやりとりがおこなわれるのだから、これを隠匿するとなれば、当然その結果は脱税ということになる。芸者の遊興税は、あくまでも玉祝儀の出来高から割り出すという規定になっているので、このカゲに対する税を算出するためには、通常の玉祝儀に対して規定の二割以上をかけるという便法が案出された。カゲでない、つまり普通の座敷を、やはりこの社会ではヒラと称んでいる。そのカゲとヒラをならしにして、玉高一本につき何十銭ときめてしまう方法がとられた。

店構えの大きい八重藤や青柳のような待合では、ヒラが多くて、ほとんどカゲの座敷というものがない。規定の二割よりも多く課すという便法は、一応カゲがあるものと見越した上で玉代一本に対していくらときめた標準率だから、ヒラの多い家は、ほかの同業者の犠牲となって、どうしても損害を被らねばならない。八重藤や青柳に頭痛の種となっているのは、それであった。

算盤《そろばん》を持ってまごまごしているうちに、気短な客などは、女将まだかァと言って帳場へはいりこんで来る。それはまだいいほうで、そんならこの次に一緒にしようと言って帰られてしまうのには、ほとほと困るのだ。馴れないのがいけないのであったが、こう複雑になって来たのでは、あたしみたいな凡くらにゃとても駄目だよ、と青柳は言う。喜伊子がやる気にさえなってくれればいいんだけれど、と彼女は迂闊《うかつ》に言いさして、はッとしたが、あの子にはそんなことをさせたくないしね、あの子がやると言っても、それじゃ、やっぱり心ぼそいのさ、と言いかえた。それに、帳場は娘にまかせても、二階の指図はあたしでなくちゃできないだろう、ところが、このごろじゃ、あたしもすっかり体が弱っちまって、階段の上り下りも苦しいのさ。買い手さえつけば、もうほんとうにあの家なんぞ売っちまおうと思っているくらいなんだよ。

――そう言って、浮かぬ顔の青柳は、肩で太い息を吐いた。

三人のうちでは、蔦栄楽ひとりが芸者屋で、自分たちがおなじ待合だという意識から、その夜は八重藤も、青柳の上に利害をともにする同業者を感じて、味方のような気持になっていたためかもしれない。

そんなに弱気になっちゃ駄目じゃないか。あんたなんぞ、喜伊ちゃんをお嫁に出すなり、お婿さんを入れるなりするまでは、これからまだまだ一と働きも二た働きもしなけりゃならない体じゃないの。それに、いくらむずかしくなったと言ったところが、われわれにはまだ勝手がわからないだけで、馴れてしまえば、商売のことなんだもの、造作もないことさ、と言って励ました。しかし、励ましている八重藤にも、例の便法をどうすべきか、それに対する思案はなかった。

青柳は、ますますしょんぼりしていた。

そして、喜伊子にはいずれ婿を迎えるつもりだが、自分からもとめて待合へ入りこむような男では、どうせ碌な者はあるまいから、あたしは娘のためにも素人になる。そういう言い方をしたのでは、子供に恩を被せるようでやりきれないけれど、あたしも若いときからずいぶん苦労し通して来たし、このままこれという楽しみも知らずに一生きゅうきゅうし通して死んでしまうのもつまらない話だから、これからは自分のためにも素人になって、喜伊子と養子に面倒をみてもらうつもりだよと言った。

このとき同座した蔦栄楽の女主《あるじ》は幼少のころからまったくの身ひとつで、親の恩も知らなければ、子の愛も直接には味わったことのない女であった。それだからこそ、ああ、親子とはかけがえもなく尊いものだと、彼女は俄かに、我が身の寂しさをふりかえるとともに、青柳の美しい親ごころを察した。

そういう女であったから、蔦栄楽は、まいにち付近のビリアードへ出かけては、学生などを相手に球を撞くことと、寝る前に五勺ほどの酒をたしなむのを道楽にしていて、週に一度は新宿の武蔵野館か、東宝映画劇場あたりで、洋物のトーキーなどをのぞいて来るようにしていた。——そんな趣味のためか、服装の好みなどもどこか近代風で、円タクの運転手などから奥さんと呼ばれたりすれば、つい嬉しくなって、約束の料金よりよけいに払いたくなったりする。この土地に営業をしていて競馬や野球に出かける者もすくなくはなかったが、外苑へ水泳や陸上競技を見に行くのは彼女ひとりであった。兜町の仲買店に電話をして、ちいさな株の取引きもしている。

芸者屋の主人ではあったが、蔦栄楽が髪をパーマネントにしているのも、あながち不似合なことではなかった。月に二度ほどバスに乗って、新宿三丁目までセットをしに行くが、すこしでもハイカラになろうと心がけている彼女は、そういう場所に出入りする女性たちの会話にも、注意をかたむけることにしていた。

その日は、彼女の隣席に、若い娘が二人坐っていた。これがまた実によく喋る女たちで、聞かれる耳をはばかってか、一と言二た言日本語を言うかと思うと、すぐそれが英語になっている。

いかに近代風の趣味はもっていても、蔦栄楽はドイツ語だろうがフランス語だろうが、外国語はなんでも英語だと思いこんでいるような女である。彼女には、むろんその話の内容を知ることができなかった。ただ、あんまりベラベラ喋りづめであったし、なんだか馬鹿にされたようなのが癪にさわったので、その娘たちが帰ってしまうと、彼女は美容師にむかって、あの娘たちは始終来るのか、どこの女給かとたずねた。実際、その店の客には新宿あたりの喫茶店やカフエの女給がすくなくなかった。ところが、意外にもその娘たちは女給ではなくて、二人とも、蔦栄楽とはおなじ大木戸の待合の娘で、一人は青柳の喜伊子だというのであった。

せっかく髪をパーマネントにしている手前、おのれの無教養をさらすのは心外であった。けれども、熱海から帰って、青柳の心に泣かされていた後であっただけに、蔦栄楽は、それが話題の喜伊子だと聞かされては騙されたような気持で、その話の内容を知って置かなければならないと思った。

これっきりこの店には来ないことにきめてしまえば、一時の恥を掻いたところでたかは知れている。それでも、さすがに、あんまり早口なもんで自分にはよくわからなかったけれど、と前置きをした。そして、さて、あの娘さんたちはなにを喋っていたのだろうとたずねると、美容師もよほどあきれていたものとみえて、娘二人の会話のあらましを掻いつまんで話してきかせた。

それによれば、喜伊子さんという娘さんは、かねがね彼女の母親という女性に対して、すくなからず不満の思いをいだいている。その女性は、第一無教養であるから、いっしょに歩いていても恥かしくて仕方がない。時には顔から火の出るような思いをする。第二には、ケチでユーウツになる。もうすこし寛大になってお小遣いさえくれれば、こちらだって彼女を自分のペットにしてやるのだが、と言っている。喜伊子はその友人との会話の折には、かならず自身の母親を彼女とよぶ。——そこで、喜伊子の目下の急務は、どうしても十五円ばかりの金が必要なのだが、それがないことには、どうすることもできないというのだ。

喜伊子の言葉はだいたいそんなもので、それに対する相手の娘の答えは、次のようである。そんなに心配をすることはない。十五円ぐらいのことなら、あたしが、うちのお母さんをだまして作ってあげよう。明日の一時に、塩町の停留所で待っていなさい。万事はオー・ケーではないか。

察するに、それは喜伊子に男があって、その男と会うために必要な金らしい。しかし、ただ逢ってお茶をのむとか、映画を観るぐらいのことなら、そんなに急いで、しかも十五円もの金が要るわけはない。これは今日の話ではないけれども、彼女たちは、いままでにもこの店へは何度かやって来て、いろいろ語り合っているのだが、断片的にきくそれらの言葉の内容を総合すると、なかなかのしたたかものだと断定しなければならない。あの娘たちは、異性というものに対して、相当に徹底した考えをもっているらしい、と美容師は最後に言い添えた。

そこまできいた蔦栄楽は、匆々《そうそう》のうちに美容院を立ち去ると、その足で八重藤を訪ねて、かあさんから青柳さんに言ってあげなくちゃ気の毒よ、と忠告をした。

ところが、八重藤と青柳とは、もともと仲がよくない。かと言って、八重藤もいったん蔦栄楽の言葉を耳に入れてしまった以上、しかも、これだけの事実を、自分一存で闇に葬ってしまえるものではない。彼女の口から直接に、こうこうだと告げたのでは、日ごろの経緯から言っても角の立つことは知れ切っている。

そこで、都への使いが出されて、青柳の耳へは、お孝の口からこの言葉を伝えてもらいたいということになった。

青柳は、素直にお孝の言葉をきいた。それが八重藤からの伝言だと言っても頭を垂れて、ああ有難い、喜伊子のことを思ってくれればこそ、誰方もみんなそうして親切に言ってくださるんだ、とお孝の前に涙を見せた。――自分の子供のことである。まして青柳にとっては腹からではない、貰い子のことなのだ。彼女もそれには気づいていないどころではなかったが、もうしばらくの辛抱だと思って、実はあきらめていた。ほんとに、あの子のためには、一時もはやく素人になって婿を迎えようと、青柳はまたしてもそれを繰り返した。そして、お前さんのところは男の子だっていうのに、辰郎さんはほんとに真面目でいいねえ、と羨ましげに言った。おかげさまで、あたしんところのは、親がこんな商売をしているのに堅蔵《かたぞう》で、それだけはほんとに有難いと思っているのよ。――お孝はそう答えたが、すぐそのあとで、彼女は、ふいと自身の言葉にむなしさを感じていた。

＊

なにかと口実をつくって、客の相手酒を逃げてまわるのは、さすがに年齢であった。八重藤や青柳にくらべれば、お孝はひとまわりも年下である。世間普通の常識からいえば、彼女など、まだまだこれからの人間だと言わねばならない。――地位や門閥どころか、その日ぐらしと言ってさえ、なお言い過ぎになるような家庭に産み落された。三度の食事にすら、事を欠くような家であった。身を売ったのは両親のためであったが、父も、母も、今はない。それからは、食って生きるために、女としていちばん大切な時期を、やむなく粗末にすごして来た身で、老いは何層倍か早く、彼女の上に訪れて来ている。お孝は芸者を身の振り出しにして、辰郎をそだてるためには馴れた花柳界をはなれずに、この社会でゆるされるかぎりの、さまざまな過去の上を飛びあるいて来た。いまの都を経営するようになってからは、まだ五、六年にすぎない。ようやく安定を見たように思うのだが、ふりかえれば振幅度の大きな来し方であった。

　きらいな酒ではない。もとより、飲めないというほうでもない。ただ、あまり癖のいい酒ではなかった。わるい酒と言ったところが、女のことだから、酔って暴れたり、他人に迷惑をかけるようなことはない。もっとも、すこし陽気になることはなった。しかし、それも大したことではない。ある一定の限度を踏み越えると、頭がピンピン痛みはじめる。これが、困りものなのだ。眠り上戸というやつで、唇にそそいだアルコールがいちはやく五体をかけめぐっていくと、すぐにねむたくなるのだが、たいていの酒なら、ひと眠りすればさめてしまう。しかし、深酒をすると、早速その翌日に崇った。眼の前に、地のうすい幕でも張りわたされたように、視野が模糊としてしまうばかりか、たったいまそこに置いたものまで忘れてしまう。

　抽斗や簞笥には鍵がかけてあったし、鍵は財布のなかに入れてある。だから、鍵はかならず財布から取り出すのだし、鍵がなければ抽斗という抽斗が開かないのは、財布がなければ抽斗が開かないのとおなじ理窟であった。にもかかわらず、お孝は抽斗という抽斗を開けて、一所けんめい財布を捜していることがある。そして、肝腎の財布は、はじめから自分の掌の平に握っていたなどという場合も珍しいことではなかった。——狂気のようになって捜していながら、捜しているものが何であるのか、自分でそれを忘れてしまっている。

すこし投げ遣りな言い方をすれば、こういう世界によごされて生きている、それが彼女たちの一生の暗示みたいなものであった。生きていくことの歓びを、夢中になって捜しながら、捜しているものが何であったのかを忘れてしまっている。

四十八の恥掻きっ子、という言葉がある。五十にちかくなっては、子供も産めないとの意である。女としてのいのちの終りの意味だろう。この齢になって、自分のような過去を積んで来ていて、いまさら色気もへちまもあるものかとは考えるけれども、女としてのいのちもこれで終りかと知れば、女であったからこそここまで来られた自分も、ここに一応の生涯を閉じるのだと気づいて、寒いような淋しさがじわあっとにじむ。これからさき何年生きていけることか、それは彼女の知るところではない。けれども、そこには、いままでの自分とは別の自分が横たわっているように思われる。幻想的な非現実のようで、それは鮮やかな如実であった。

うしなうものは肉体であったが、肉体の艶をうしなうことは、人間的な寂寥であった。肉体だけをたのみに生きて来た女だから、この先の頼りをうしなうように思うのだろうか。

蹲に落ちる点滴をみて、彼女は辰郎を憶い出したが、土地の評判など何だろうか。青柳の喜伊子は不良だと言われているが、ならば、この世の慎しみなどというものは何ものだろうか。

辰郎は、眠っている。書物に眼をさらして、眠っている。行って、揺り起して、眼を醒ましてやろう。生きているのなら、もっと潑剌と生きていてもらいたい。これからは、自分と二人分のいのちを生きていって貫いたい。——八重藤は、なまじ学問などさせたからだと吐き棄てるように言ったが、彼女は昌代に先立たれて追憶に生きているだけではないか。青柳は生さぬ仲の喜伊子に打ち負かされて、この社会を逃げ出すより仕方がなくなっている。けれども、あたしは、このお孝は、そうだ、いま女としての生命の瀬戸際に追いこまれているのだった。辰郎は、あたしのほんとうの息子だ。この生命のあるあいだに、あたしは行って、息子に呼吸《いき》を吹きこむのだ。

おなじ区内の大木戸から信濃町まで、自動車に乗ればわずかな道程であった。横丁の角で降りると、彼女はその家の前まで小走りにはしった。そして、格子戸を開けると、いらっしゃいませと手を突く老媼にはものをも言わずに辰郎の部屋へ飛び込んでいった。

気配に、書物から濁った眼をあげたが、お孝は、いきなりその息子の横っ面に平手打ちをつづけざまに喰らわせた。辰郎はなにも言わなかった。そして、唇を動かさずに、眼もとだけでにいんと笑った。そこをさらに二つ、三つ、四つ、五つまで張り飛ばして、息子の頰に生き生きとした血の気のあとがあかく浮かびあがったのを見ると、お孝もわけもなく微笑んだ。

ふとみると、庭の八角金盤《やつで》の枝先には、油蟬の翅のようにすき透った新芽が吹き出ていた。それが、その日の最後の陽の色に、ぎろっと光り輝いていた。

〔1939年「作家精神」7月号　初出〕

石の墓

満洲だということはわかっているし、新京でも哈爾賓《ハルビン》でもないことははっきりしている。かと言って、それが何処かということになると、曖昧になってしまうのだが、熱河というほど飛びはなれたところでもなければ、斉々哈爾《チチハル》とか、海拉爾《ハイラル》ほどには北へ寄った土地でもないらしい。とすると、どうしても、もうすこし南寄りのところということになるが、南のほうで、やはりそれくらいの大きさに相当する市《まち》と言えば、しかし、もう見わたしたところ吉林か、奉天か、大連のほかには、旅順ぐらいしか考えつかない。僕は、まだ行ってみたこともない満洲国の地図を頭のなかにひろげて、多分そのあたりではないかと見当をつけている。

実際のところ、そんな土地の詮索などどうでもいいのだろうが、ただ、いきなり「内地を食いつめて満洲へ流れていった」というふうに言い切ってしまうと、いかにも尾羽打ち枯らした感じになってしまうので、その場所が相当な市街だということだけは、特にはっきりして置きたい。

どうせ行ってみたこともない土地なら、吉林も、奉天も、僕には満洲という国の都会であるだけのものでしかない。それでも、新京や哈爾賓というような都会ではないと言ったばかりに、あんまり僻地を想像されれば、小貞さんという、その人に対する感じが違うものになってしまうかもしれない。小貞さんは、たしかに「内地を食いつめ」たからこそ「満洲へ流れていった」に違いないだろうし、僕はもう足かけ六年も会っていないのだから、はっきりとは断定できないが、吉林にしろ、奉天にしろ、とにかく満洲というような土地へ行ってしまっても、小貞さんは、やっぱり相変らずの小貞さんで押し通しているのだろうと思う。いや、僕としては、そう思っていたい。

僕はいま、小貞さんとは「もう足かけ六年も会っていない」と言ったが、この言葉を逆に言いあらためれば、六年以前には会っていたということになるだろう。そのころ、小貞さんは葭《よし》町《ちょう》で左褄をとっていたが、はじめて会ったのはそれよりも以前で、場所も赤坂であった。葭町から柳橋へ移っていった小貞さんが、満洲へ渡ったのは、今から四年ばかり以前のことだという。

それでは、どうして、そんな赤坂だとか、葭町だとか、柳橋というような、東京じゅうでも一流にかぞえられる土地の芸妓であった小貞さんを、それも僕のような者が知っていたかというと、それは、僕が小説家志望の青年だったということに関係があった。「小説家志望」とはいかにも古めかしい言葉だが、それが小貞さんを知るようになる機会になったのだから、やはりその言葉をそのまま使わせてもらうよりほかはない。

そのころ、僕はようやく学校を卒業して、或る雑誌社に勤めていた。その勤務先へ、或る日、僕の学校時分の保証人になってくれていた人から電話がかかって来て、今晩暇があるか、あるならばいっしょに飯を食おうとさそわれた。先方にしてみれば、卒業祝いのような心からであったらしい。場所は銀座の高級なレストランであったが、その人は、食事なかばに、お前もこれから小説を書こうという気があるんなら、いろいろなところを見て置いたほうがいいだろうと言って、そこから赤坂の料亭へ連れていってくれた。

学校を出たばかりであったし、いまだに猪口一杯で真赤になってしまう僕のことだから、若い芸妓が次から次へ四人も五人も現われて、そのたびごとに銚子を差し出されるのには閉口した。それでも、せいぜい我慢して、一杯ぐらいずつは公平に受けるようにしていたのだが、女中が現われ、芸妓が現われるたびごとに一杯ずつ受けていたのではたまったものではない。とうとう降参して、いやもうほんとうに駄目なんだというような弱音を吐くと、僕の連れが、なんだこれから小説家になろうという男が、そんな意気地のないことでどうするんだと、上座のほうからきめつけた。それを聞きつけたのが小貞さんであった。

へえ、あんたは小説家なの。

いや、小説家じゃない、僕は本屋の番頭だよ。

じゃ、小説家志望の番頭さんなのね。

うん、まアそんなものだね。

そう、じゃ、どんな小説を書くの。

まだ書いていない、これから書こうと思っているんだ。

そいじゃ、あたしのことを書いて頂戴よ。いいでしょう、あたしの一代記をあんたに話すから、ぜひ書いて頂戴よ。

膝詰め談判にたじたじとなった僕は、二度と会う筈もあるまいという安心から、その場こっきりの、いいかげんな生返辞をしていたが、翌日社へ出ていると、小貞さんはほんとうに電話をかけて来た。それでも、こういう機会はのがすべきではないと思ったし、聞くだけ聞いても、書く書かないはこちらの自由なのだからと肚をきめて、僕はその次の日曜日に、思い切って小貞さんの家へ出かけていった。正直なところ、小説のタネをもらうというよりも、僕にはそういう家に出かけてみる興味のほうが強かった。

それから二年ほど経って、或る雑誌社から短篇小説をもとめられたとき、どうにも題材にこまっていた僕は、ふと思いついて、記憶にあった小貞さんの一代記のうちから、ほんの一節だけをひろって、どうやら責めをふさいだ。ところが、偶然にも、そのころ歯の治療に医者へかよっていた小貞さんが、その病院の待合室で、その雑誌を手にして一気に読んだというところから、僕のところへ、またそのことを知らせて来た。以前に僕が勤めていた雑誌社は潰れていたから、小貞さんは僕の小説が載った雑誌の出版社へわざわざ問い合わせて、僕の住所を知ったというのであった。

そんなことから、僕はふたたび小貞さんと顔を合わせることになったが、そのときには、小貞さんももう赤坂から葭町へ移っていた。そして、あんな切れっぱしみたいなものじゃなくて、もっとちゃんと書いて頂戴よと言われたし、僕もいつかはかならず書くと、今度こそかたく約束をしたのであったが、またしても、それっきりになってしまった。

その小貞さんがそれから柳橋に移って、さらに柳橋から満洲へ渡っていったということを聞いたのは、僕を赤坂へ連れていって、はじめて小貞さんを紹介してくれた人の口からであった。つい二、三カ月前のことなのだが、そのときその人は、こんな話を付け加えた。

俺も人づてに聞いた話だから、場所ははっきりしないんだが、とにかく満洲の或る土地で、小貞はいまも芸者をしている。小貞は花柳流の名取だから、芸者ではありながら師匠芸妓といって、自分も座敷に出ながら、一方では舞踊の教授もしている。そんなふうだから、小貞はアパートなんかに寝泊まりしているんだそうだ。ところで、これは東京のダンス・ホールが閉鎖になる前後の話らしいが、そのアパートの隣室には、東京のホールから流れていった踊子と亭主が住んでいた。亭主は、おなじホールの楽士だったということだ。それが満洲へいって食い詰めて、どうにも仕方がなく奥地へ流れていくというふうな状態になっていた。なにしろ隣室のことではあるし、メソメソ泣いている女の声が聞えて来るんで、世話好きな小貞のことだから、そっとその部屋へ行ってみると、今のような話だったから、どれほどの金があればそんなことをしないで済むのかとたずねて、なんでも二百円だか三百円だかの金で済むことだと聞くと、それじゃ明日まで待ちなさいと言っておいて、翌日その金を持っていってやったんだそうだ。もちろん、そのために、小貞の借金が増えたことは言うまでもない。そのお蔭で、隣室の踊子くずれは、たとえ一時にもせよ奥地へもゆかずに済んだのだが、それも、けっきょく一、二カ月しか支えることはできなかったらしい。いつのまにか、隣室の男女はどこかへ消えてしまった。

ところが、それから小一年ほども経った或る日、ひょっくりその楽士くずれが、また小貞の許へ現われて、いつぞや拝借したお金は、お返ししなくてはいけないと思いながら、いまもって出来ずにいる。ただ、これだけの金は出来たからおさめてくれと言って、百円の金をさしだした。自分の借金などは増しても、馴れぬ他国へ来ている身のおたがいが日本人同士なんだから、そんな水臭いことはしないでもいい、そして、あの奥さんはどうしていらっしゃるのとたずねると、男は黙って自分の鞄を開けて取り出したのが、なんと白木の箱におさめられた骨壺だったという。可哀そうに、踊子は他郷の空で一命を落してしまったのだ。踊子は、息をひきとるまで、小貞姐さんに申訳ないと言いつづけていたそうだが、せめて百円でも出来たら小貞姐さんに返済してもらいたいというのが、その女の遺言であった。

小貞はそこまで聞くと、いちど突っ返した金をもういちど受取って、黙ってその男を送り出したが、男のみすぼらしい姿を見ていながら、百円の金をおさめた小貞は、それにもう百円ほどの金を足して、石の墓を作ってやった。男にはなにも告げずに、踊子の墓を作ってやったんだそうだ。だから、今でも男は、満洲の何処かにそんな墓があることさえ知らずにいるだろうという。

ねえ、おい、小貞はやっぱり満洲へいっても、江戸前の芸者だよなアと、その人は僕に言った。

小貞さんは、僕がはじめて赤坂へ連れられていったときでさえ、三十歳をもうよほど過ぎていた。いまでは、むろん四十歳を越えているだろう。四十余歳といえば、老妓とよばれても仕方があるまい。満洲の老妓では、すっきりとした美しいイメージに結びつくはずもないが、僕の記憶にある小貞さんは、いかにもきりりとした、ほんとうに江戸前の芸妓という感じの人であった。すくなくとも、赤坂、葭町、柳橋を歩いた小貞さんの半生の足迹《あしあと》は、江戸前を思わせるものであったように考えられる。

小貞さんは、自分もまたいつか満洲の土となって、その墓にはいる日のことを想っているのかもしれない。そして、朋輩の芸妓たちにむかって、あの石のお墓の下にゃ、あたしの可愛い一人娘がはいっているんだからね、というふうなことでも言っているのではなかろうか。江戸前とはそんなものでもあるだろうし、そのほうが、小貞さんらしいという気がする。旧くさい言葉になるが、心で泣きながら、小貞さんは笑っているだろう。

僕が小貞さん自身の口から聞いたところでは、小貞さんは東京の人ではなくて、北海道が故郷だということであった。けれども、誕生の地は何処であろうとも、小貞さんが江戸前な人であったことは間違いない。あの人は、いまでも以前のままだろうと思う。

こんな小説が、もし小貞さんの眼に触れることでもあれば、小貞さんはまた満洲の何処かから手紙をよこして、あんたも、いつまで切れっぱしみたいなものばかり書いているの、それじゃ、あたしが粉ごなになっちまうじゃないの、とでも言われるかもしれない。

〔1943年「現代文学」1月号　初出〕

老妓供養

招き猫を据えた縁起棚、薦被《こもかぶり》、長火鉢、それに付随する炭斗《すみとり》、茶道具というようなものが、こまごまとしているわりにはきちんと整頓されている、畳のあおい帳場である。酒の燗をする関係から、真夏でも炭火は切らすことができない商売であった。

おとわが死んで今夜がお通夜だという電話がかかって来たとき、伊代は簿記台の前に坐って貸しになっている勘定の算盤をしていた。

ばたばたと忙しい日が四、五日つづくと、三百円や四百円の立替はじきに出来てしまう。貸さなければ遊んでくれる客はないし、勘定のほうは貸しになっていても、見番からの箱銭、芸者屋からのご祝儀、その他の諸商人からの勘定はすぐその翌日のうちに取りに来られたから、そうした出銭にそなえて現金は常に用意して置かねばならなかった。てんやものやタクシーの立替は金額にはんぱがあってこみいっているだけに、つい付け落ちすることが多かったので、いちいち先方からまわしてよこす伝票を〆めて、その日のうちに算盤を寄せて置く必要があった。それがまた、なかなか面倒な日課である。

昼のうちは用事で出かけていたために、帰ってから帳場に坐って勘定をはじめたのは、もう六時にちかい時刻であった。

真冬にくらべれば、さすがに日は長くなっていたけれども、戸外はもうすっかり暗くなって打ち水をした玄関には電燈が入っていた。こんどの事変がはじまってからというもの、資源愛護の建て前から縁起をかつぐ盛り塩の習慣もこの社会からはなくなっている。

伊代がこの土地に移って来てから、今年でもう足掛け六年になる。おとわと往き来しなくなってから六年になるなどとは、信じがたいあわただしさであった。

伊代が以前の土地で左褄を取っていたころ、おとわは若手のちゃきちゃきで、芸も達者には違いなかったが、それ以上に一流の鼻っぱしがつよい芸者として売っていた。伊代よりは三つほど年長であったから、行年はもう五十を越えていたはずである。

伊代は入り組んだ事情があって連れ合いとは二十代のうちからわかれわかれになっていたが、男とのあいだにあった二人の子供は自分のほうへ引き取っていた。別れた男は後妻のようなものを迎えていたが、子供を上級の学校へかよわせるだけの力はなかった。それでも子供の父親にはちがいなかったので、二人のあいだに夫婦の縁は切れても、おたがいに親としての交際は断っていなかった。いまだに即《つ》くとも離れるともつかない、吹っ切れぬ関係がたもたれている。

兄妹のうち下のほうの女の子は、話し合いの上でいったん伊代の養女ということになってから他家にとついだが、それは繋累としての父親を相手の家族におそれさせぬために講じた、伊代にとってはかなしい用心であった。——別れた良人《おっと》は素面のときには猫のように穏しい人物であったが、飲むといけなかった。相手の家に、金銭の迷惑をかけないとも断じがたい。根からの悪人ではなかったから、境遇のさせるいたましい仕業とよりほかには言いようがない。

息子は長男であったから、妹のようにはいかなかった。いまだに父方の姓を名乗っている。預かり子のようなかたちで、伊代の手許から学校へかよった。そして、大学は出たけれども、身がさだまっているというわけではない。意気地のない息子であった。

伊代には、そんな母親としての負担もある上に、子供の将来ということを考えたから早くに身をかためる算段を立てて、三十にもならぬ以前から一軒のあるじにおさまってしまった。

一軒のあるじとは言っても、むろん稼業は芸者屋であった。土地ではともかく旧い顔の上に、常磐津の名も取っていたところから、彼女は推されて土地の役員というような位置についていた。

不見転《みずてん》だろうが、小便《しょんべん》芸者だろうが、芸者と名がついて左褄を取る以上、三味線が弾けなくてはならない。雛妓《おしやく》なら、舞踊の心得が必要とされた。伊代は土地の役員として、そうした試験に立ち会わねばならぬ関係から、週に一度はかならず見番の二階へ出かけていった。――伊代が妓籍をしりぞいてからもおとわと顔を合わせる機会があったのは、おとわもまた役員の一人として試験場にのぞむ機会が多かったからである。

けれども、伊代はその後いまの土地に移って来て待合をはじめるようになっていたし、おとわは相変らず以前の土地で、それこそもう押しも押されもしない古顔になっていたが、その齢になるまで三十余年を一日のごとく芸者づとめですごして来てしまった。

そのおとわが、今日の午すぎ俄かに息をひきとって今夜がお通夜だというのであった。

いまの土地へ移ってからというもの、以前の土地と伊代との関係は次第にうすれて、その土地には馴染みの顔もだんだんすくなくなっていた。むろん、新しい人と知り合う機会などはなくなっていたから、以前にいた土地にたいする愛着はあっても、現実には土地の空気だとか、顔ぶれの一人ひとりに寄せるしたしみは大分うしなわれていた。が、伊代は旧くからの知りびとを大切にする心がけを持っていたので、その土地にも友人をなくしてしまってはいなかった。それどころか、今の土地には朝夕の挨拶やら近所付き合いをする者は出来ても、やはり心の底からしたしみ合ってしみじみと話のできるような友人は、かえって以前の土地にあるというありさまであった。

今日おとわの死を報らせてよこした幾米という待合の女将も、その一人である。元の土地で幾米とおとわの店とは、裏つづきの位置にあった。

電話がかかって来たのは七時にまぢかいころであったが、彼女等の住む世界ではそのくらいの時刻を宵の口と呼んでいるように、見番のあたりに箱屋の姿がいそがしげに動きはじめるのもそのころである。

出かけようとして身支度をととのえているところへ、どやどやとつづけて二た組ばかりの新しい客がとびこんで来ていたし、女中たちが、蒸タオルや、突き出しや、お燗の支度をしているうちに、伊代は二階へあがっていかねばならなくなってしまった。座敷へ出ては、仏頂面もさげていられない。一杯が二杯と、芸者がそろうまでの繋ぎ酒で、それも二た座敷かけていたあいだに、かれこれ二合を越える酒が入っていた。

客の前では、これからお通夜に出かけるのだとも言いかねる。つい腰を据えることになって、どうにも踏んぎりのつかなくなっていたところへ、廊下から女中の声で女将《かあ》さんと呼ばれた。

階下へ降りていってみると、近所の染物屋の二階に間借りをさせてある長男の晋一が来ていて、火の気のない奥座敷の長火鉢に掌をかざして、しょんぼりと新聞紙を膝の上にひろげていた。

*

このごろ晋一が、省線の駅の近くにある麻雀屋で賭博の仲間に入っているとか、やはりそこからはあまり遠くないところにある洋食屋兼喫茶の店で、この土地の芸者と媾曳《あいびき》をしているというような噂は伊代の耳にも入っていた。

営業時間が五時からということになって、昼間の閑になっている芸者たちのありさまを見れば、そういうこともうなずけぬではない。出入りの自動車屋だとか、鮨屋だとか、箱屋のうちの幾人かが讒訴はんぶんの忠義顔でそのことを伝えた。或る者は、その相手が福千代だと言う。また別の或る者は、龍丸だとも、君奴だとも言ったが、数の上では君奴だと言う者がいちばん多かった。しかし、君奴だと言う者の口ぶりにしてもあまり確信をもっているとは思われない。おそらく君奴とも、龍丸とも、福千代とも、晋一は逢っているのだろうというのが伊代の心のうちであった。

学校は法学部であったが、卒業すると高文をとるのだと言ってしばらく浪人をしたのち晋一がいまのところへ勤めに出るようになったのは、ついその前年の秋のことである。

勤め先というのは法律雑誌の発行所で、そこへ入れるようになったのは伊代のところへ遊びに来る客の伝手であった。法律雑誌なら畑は違っても縁のない世界ではあるまいと考えたのだが、遊んでいても仕方がないだろうということから、先方のおなさけに縋ったような勤めである。月給というよりは小遣として受取っているにすぎない給料も、零細なものであった。いま借りている染物屋の二階の間代を支払ってしまえば、あとは煙草銭にも足りるか足りないというありさまで、月々の生活費は伊代が補っている。

それも、昨年ごろまでのように、通るか通らないか、とにかく高文ならば高文をねらっていてくれたころには、伊代にも心の張りがあった。はたらいて稼いだ金を持って来いの取り上げようのというのではないし、なにかに精を打ち込んでいてさえくれれば、彼女は一生のあいだ貢ぎつづけることもいとわなかった。けれども、今日このごろのように受験の希望まで放擲して、将来性などのあろう筈もない、わずかに与えられた仮のつとめにあまんじているような晋一を見ることには耐えがたかった。自分からそんなふうにしずみこんでいって卑屈になっている息子を見るだけでも伊代にはかなしいことなのに、どの程度か麻雀賭博はする、芸者とは嬶曳をするなどと聞かされてはばからしくて、もうどうでもいいような自棄はんぶんの気持に襲われて、ああ自分はなんということを考えているのだろうかと、急にそれがおそろしくなって来たりする。

幼少の時分にはずいぶん活潑で、どちらかと言えば負けずぎらいだった晋一が、このごろのように陰気くさい引っ込み思案な男になったのは、いったい何時ごろからのことだろうか。そんな時日の詮索などより、こういうことになった原因をたずねることのほうが捷径だとはわかっていながら、伊代にはそれが何故ともなくはばかられる。

いや、何故ともなくなどというのは嘘であった。伊代はその理由を、胸にいたいほどはっきり知っている。

大学を出る前の年であったが、晋一は毎日のように省線電車で逢う少女に恋をした。こちらは大学生で、先方はやはり卒業をその翌春に控えた女学生であった。どうしてもその少女と結婚したいと言うし、当人たちはそれまでにも何度か映画館などへ出かけていて、こちらの気持は先方も承知しているということであったから、伊代は思い切ってその娘の家に出かけていった。ところが、先方の親から待合の息子さんではとにべもなく一蹴されてしまった。

親として慰めようはなかったが、そんなことにこだわる息子でもあるまいと自分の想像を信じて、伊代はにわかに晋一の嫁をさがしはじめた。消しがたい過去を塗りつぶすために、新しいなにかを据えようと思いついた。

けれども晋一は、親類や出入りの者たちから縁談が持ち込まれるたびに、やれこちらの身がさだまるまでは女房などとんでもないことだの、いま結婚をしてはむざむざ将来を捨てることになるだのと、いろいろな口実を考えては、そのたびに逃げをうっていた。伊代もそれでは取り付く島がないので、暮しのほうは当分あたしが助けるからと言えば、穴のあくほど見合い写真を見詰めていて、この唇はどうだとか、この鼻がどうだとか、いかにも面倒くさそうに今度は縹緻《きりよう》ごのみをよそおって、なんとか結婚の日を遅らせることにばかり心を傾けていた。

そんなわけであったから、女房を持つとさえ言ってくれれば、たとえ相手はこのごろ三、四のところから噂を立てられている君奴だろうが、福千代だろうが、龍丸であっても伊代はかまわない。

その噂がいっそ真実で、晋一がほんとうに評判を立てられるようなことをしていてくれるのであったら、むしろ嬉しかった。けれども、晋一の場合はただの気まぐれにすぎない。自分でもいやいやそんなことをしているに違いないことが伊代にはわかっている。わかってはいるけれども、捨てて置けることではなかった。自分がこんな稼業をしているばかりに、一人の、それも尊い女を喪わせてしまった。そういう責任感にくわえて、小さい時分からあちらこちらと下宿住いをさせつづけて来たことへの不愍《ふびん》さも混って、今日は言おうか、明日は切り出そうかと迷い迷って、伊代はとうとう今日の日まで何ひとつ言えずに来てしまった。

自分がそれで生きている職業を、自分でいまわしいものに思わねばならないのは、あまりにもむごい。

が、問いただすだけは、問いただして置かねばならなかった。けれども、言うだけのことを言ってしまえば、それでさばさばしてしまえるというような性質のことでもないし、母と子のあいだで意見をするのはかまわないにしても、晋一にむかってはもうすこしこまかく気持を働かしてやらねばならぬ事情が伊代にはあった。秘密というほどのことではない。こうもあろうか、ああもあろうかと、伊代が勝手にめぐらせている臆測のようなものである。

＊

伊代がまだ以前の土地で芸者屋をしていたころ、彼女の店のかかえ芸者にかよいつめて待合で遊ぶばかりではなく、時には伊代の家にまで訪ねて来る学生で石井という青年があった。学生の身で芸者屋まで来るとは言っても、それは遊びの金に詰まっての苦しまぎれで、石井は気の弱い男であった。玄関の格子戸を開けるのがやっとの思いで、せっかく来ても目指す相手以外の者が出迎えれば挨拶どころか顔を赧らめてへどもどしてしまった。もそもそと口ごもるばかりで、頭ばかりさげている。

その若いかかえも家にいれば三度に一度は付き合って、いっしょに珈琲やソーダ水を飲むために大通りのそんな店へ出かけていくこともあったが、主人の伊代が不在のときにはそんなこともできなかった。かと言って、芸者屋の玄関先では立ち話もできなかったから、まあおあがりなさいよというようなことになったが、石井はあがっても隅のほうにうずくまって膝をかかえているほかには、なにもできないような男であった。

やがて伊代は、その店をしまってこの土地へ来るようになったが、今度は彼女が待合をはじめたと聞いて、石井はそれでも三、四度は遊びに来ただろうか。

どのみち待合遊びをするからにはまともな金ではなかろうと、若いサラリーマンや学生を遊ばせることを伊代は好まなかった。それは自分もその齢ごろの息子を持つ母親の心づかいで、そうした子を持つ親の心持を考えれば虚心ではいられなかった。石井はそのうちに学校を卒業して、しばらく郷里の青森へ帰っていたが、大阪のほうに就職口がみつかって、その途中東京に立ち寄ったからと言って、土地の名物の林檎などをぶらさげて来ると、その夜は芸者をよんで泊って翌朝はやく東京を発っていった。

口先では、いんちきなところに違いないんですよと、いかにも謙譲らしく言っていたが、その言葉の下から文学部を出ているのだし、大阪の勤め口というのは芝居小屋だということだから大いに頑張るつもりだと若者らしい昂奮をつつみかくせぬ様子であった。そればかりか、彼とは大学時代に同級生であった男が中途退学して今では宝塚の少女歌劇で演出助手をしているから、ゆくゆくはその男にでもわたりをつけて宝塚のほうへ行けぬともかぎらないと語りつぐのを、伊代もわが事のように喜んでいた。

ところが、それから三カ月も経たぬうちに、石井は頬もこけ落ちてげっそり痩せほそった姿で悄然と東京へ舞いもどって来た。

問いつめてみると、石井はアパートからその芝居小屋への道筋にある書店の店先に立って手あたりしだいに新刊雑誌をめくっていると、たまたま彼の手にした薄っぺらな文芸雑誌に、自分の学友であった某の小説を見出した。知った顔のまるでない土地の書店の店頭であったから、いっそう強く刺激されたのだろう。おなじ文学部を出ていながら、これとさだめたおのれの道に精進している遠くの友をおもえば、いまさら二十や三十のはした金に汲々としているいまの自身の、みすぼらしく哀れな姿が想いくらべられた。石井はもう矢も楯もたまらなくなって、そのまま大阪を発って来てしまったというのであった。

いくら薄給でも、自分のおつとめをないがしろにしたり他人を羨ましがるなんて、そんなことじゃ何をしても駄目だわ。旅費の心配ならあたしがしてあげますから、たったいまからでも、もういちど大阪へお帰んなさい、ね、と伊代はすすめた。

ところが小母さん、僕のつとめていた小屋なんて、そりゃ大変なものなんですよと、石井は陰気に笑った。小母さんは、僕が大学出だから、せめてもうちょっとはましなところにつとめていたと思っているんでしょうが、僕はひやめし草履を履いて、煙草の吸いさしを耳にはさんで、天井裏みたいなところから尾上菊五郎じゃない菊六郎だとか、市村羽左衛門じゃない羽右衛門なんていうようなチャンバラ役者が、やアやアってなことを言ってみえを切る竹光の先だの、チイチイパッパ踊る女の子のひねこびた太腿のあたりをねらっては、ぴかッぴかッと電気を照らしてやる仕事、軍手をはめて馴れない電気いじりの照明係っていうんですがね、そんなことをやらされていたんですよ。ねえ、これじゃ大阪へなんぞ帰りたくない気持になるのも無理はないでしょう。僕はもう餓えてもいいんだ、小母さん。着るものが着られなくてもいいから、ほんとうに自分の好きな道をえらぶんだ。

石井は熱して、そう語った。無口で恥かしがり屋の石井がそこまで昂奮するのは、よくよくのことだと考えねばならなかった。

晋一は、小学校を出たとき伊代が懇意にしていた藤間流の師匠から、是非にも内弟子にと望まれた。そのときにも、花柳界に育った子供を上の学校などへあげてどうするのだと、さんざん親戚などからも口をはさまれたが、伊代はあらゆる反対をしりぞけて大学までいかせた。

だからというわけでは決してなかったが、やはり朝から夜のふけるまで書物にかじりついて、いつどうなってくれるのか皆目見当もつかない息子を見ているのは苦しかった。折も折、法律雑誌の編集部に世話をしてやろうと言われて、伊代はつい自分から先に立って晋一にそのことをすすめたのであったが、それを機に受験まで断念されるようなことになろうなどとは考えてもいなかった。しだいに陰気になって来る息子の様子をみていると、伊代はもう取り返しのつかぬことをしてしまったという後悔にせめられた。そして、餓えても、着るものを着ないでもと言った、あのときの石井の言葉を思い出した。

おとわが死ぬなどとはまったく思いがけなかったことで、伊代はその日のまだ陽のたかいうちに編集所のほうへ電話をして、晋一には勤めが終ったら今日はこちらへ来るようにと言っておいた。が、今はもう先刻からの付き合い酒で、いいかげん自分の顔も赧らんでいたことではあるし、親として息子に意見をするからには、せめて素面のときにしたい気持もあった。

通夜ということであってみれば、先方へ着くのは、深夜でもかまわぬようなものである。けれども、死んだおとわには、身にも皮にもまるきり親類というものがない。いきおい、平常からもっとも近しい付き合いのあった幾米が、施主に立たねばならぬ立場であった。ところが、幾米は、こんな世界に住んでいる者にはめずらしく無頓着な性質で、その六、七年前には舐めるようにして可愛がっていた養女に先立たれた経験すらあるのに、葬式などという儀式張ったことになると、どう処理をしたらいいのか、まるきりなんの知識も持ち合わせないような女であった。

伊代は、先刻も幾米からの電話口で、お前さんだけが頼りなんだからと念をおされていたほどで、出かけそびれていたことがどうにも気がかりになっていたから、死んだおとわとはこれというほどの親交があったわけではなかったが、あらかじめ笹川という、やはりその土地の待合の女将に電話を通じて、幾米への助人《すけつと》をしてくれるように頼みこんで置いた。笹川は、伊代にとって、幾米とおなじくらいにしたしい友人であった。だから、そのほうは一応笹川にまかせて安心していられるようなものではあったが、自分もいそがしい身ならおなじ稼業の笹川も同様のはずである。それでは笹川に申訳ないという気持で、いまは一刻も早く出かけたいと思っていた。

それにくわえて、こんな矢先であってみれば、相手はいかに自分の息子でも、小言を言うのは寝ざめのわるい思いである。かと言って、電話までかけて呼び寄せて置きながら、なにも用事はないと言って帰すのも妙なものだろう。ようやく伊代は芸者が熱海へ遠出をしたからと言って持って来た土産の羊羹があったことを思い出して、晋一にはそれを持たせて玄関へ送り出すと、そのまま自動車に乗って通夜の席に駆けつけた。

＊

おとわの家は三軒長屋のまんなかで、階下は玄関の二畳と六畳の二た間きりに、二階がやはり六畳の三畳という鶏舎のように小さなものではあったが、かかえはおろか下地っ子ひとりいるわけではない。お座敷のもらい歩きと台所の両方を兼ねた女中が一人いるきりで、女二人の世帯には、むしろ広すぎるほどの住居であった。

おとわが七三のかかえ芸者から看板借りになったのは、もうおぼえていられないほど以前のことであったが、この家に移って、まがりなりにも一戸の主人になったのは五年ほど前のことである。だから、本来なら彼女の以前の看板主が施主の役は買って出るべきところであったが、あいにく以前の主人は、大陸へ出稼ぎに渡ってしまっていたから、否応なしに幾米が代りをつとめねばならぬことになった。

幾米が今では他土地に移り住んでいる伊代を自身の介添役に依頼したのは、伊代が死んだおとわと旧交があったためでもあったが、先年自分が養女をうしなったとき伊代が目覚ましいばかりに立ち働いてくれたことをおぼえていたのと、伊代ならどんな場合にも、けっしていやな顔をしないとの安心があったからであった。幾米は、自分が眼をつむる時にも今から伊代ひとりがたのみに思われて、あたしより先に死んじゃ困るよと、十歳も齢のわかい伊代にむかって常からそれを口癖にしている。

おとわが、身よりたよりのない女だということは、伊代も前々から聞かされて知っていたし、若いころから向う気の強い女であったから、人がわるいというのではなかったが、芸者仲間には敵こそ持っていても、友達はむろんのこと味方の側に立ってくれる者を、持っている道理はなかった。さだめし葬式もさびしいものに違いあるまいと来る道々の自動車の中でも、伊代はそんなふうに想像しつづけて来た。

ところが、さてここまで来てみると、路地の入口にはテントが張られて花輪がならんでいた。灯の入った高張提灯がずらりと二、三十もならんでいて、玄関の三和土には十五、六足もの下駄や草履が脱ぎ捨ててある光景に、なにか意外なものを見せられたようにさえ思った。

伊代はご霊前にと言って、受付の男の前へ包んで来た香奠《こうでん》をさし出したが、ご承知のように身よりのない仏のことで、おかえしをする者がないから、志だけはいただくけれどもあしからずと言って謝絶された。そして、二階へあがっていくと、せまい座敷に鮨詰めになっている弔問客の中に、自分とはあまりにも旧い馴染みの顔が多いことに二度びっくりさせられた。屍体は二階の六畳に安置されて、燭台の前には、線香の煙も立ちのぼっていた。

伊代が妓籍をしりぞいてからかれこれ二十年ちかくなるだろうが、その席につらなっている大半は、彼女が座敷づとめをしていた当時の、この土地では売りに売った顔が揃っていた。

彼女は階段をあがっていくと、いきなり、まあお伊代さんとあちらからも、こちらからも呼びかけられた。伊代のほうでも相手の名を呼び返せば、そこにたちまち二十年の時間はうしなわれて、過ぎた日が酸っぱいような甘さでよみがえって来る。けれども、そのかみのはち切れるような若々しさは何処に見る影もなく、今はどの顔も申し合わせたように小皺の寄った大年増ばかりであった。彼女等のあらかたは身請けの上で落籍されて、いったんは素人におさまったり、他土地へ住み替えて、いつかこの土地から消えるともなく消息を絶っていた者たちであったが、こうしてまた元の古巣に舞いもどっていた。

伊代が座敷づとめをしりぞいてからのちに、この土地には内紛が生じて、一つ花柳界に二つの見番が出来るようになって、そういういざこざが八、九年もつづいたことがある。伊代たちの属していた旧見番は全国の同盟から公認ということになっていたが、喧嘩わかれをして飛び出たかたちの新見番は同盟の側から言えば非公認で、そのあらそいに調停がおこなわれたのは、伊代がいまの土地へ移るようになってから半年ほどのちのことであった。

その通夜に集まって来ている大年増の全部が全部、そういう者ばかりであったというのではない。が、彼女等のうちの幾人かは、まだこの土地がそういうあらそいに入らずに一つの見番でおさまっていた時分に情人をつくったり、よんどころない家庭の事情などから主家の借金を踏み倒したり、不義理をかさねたというような連中である。それを、こうした土地柄の言葉に言いかえれば、それほど気組みのある芸者たちであったが、いわば兇状持ちになった彼女等はしばらく同盟を突かれて、同盟に属していない何処かの花柳界に身を寄せていた。それが新旧両見番の合併を機に、往時の借金を半減されるというような特典があたえられることになったりしたために、俄かにこの土地へ戻って来る者が数を増した。そして、年増の揃った土地という印象が、しだいに世間へひろまっていくにつれて、そうした芸者をのぞむ客も、この土地をめがけて来るようになるという具合であった。客のほうがそんなことになれば、芸者のほうでもいきおい稼ぎやすいから、素人にはなっていたけれども旦那をしくじったというような者までがこの土地を慕うことになるというふうで、次第に他土地から住み替えて来る年増もその数を増していた。

集まった顔ぶれが顔ぶれのことで、話題は当然のように二十年の昔へかえっていった。そのあいだには、お座敷を知らされて帰っていく者や、やっと身体が空いたからと言って遅ればせにやって来る者もあるというふうではあったが、そのために話がとぎれるということもなかった。そして、通夜の席にはめずらしいほど、和やかで温かいものが流れていた。——もとより、彼女等の念頭から、全然おとわのことが忘れ去られていたからというわけではない。それよりは、むしろ、あれこれと気を遣わねばならぬ仏の縁者というものが、一人としてこの席にはいなかったからでもある。

けれども、生前には、あれほどにも憎まれていたおとわのために、これほどの弔問客を集めることができたのは、いったいどうしたことなのだろうか。口にこそ出しては言わなくても誰しもの頭をかすめていたのはそのことであった。

疑問は、そればかりではない。身寄りのない老妓の葬式は、誰がその費用を弁じるのだろうか。全盛のむかしならともかく、今のおとわにそんな男があろうとは思われない。また、国防婦人会からも通知を受ける一方、この席に集まっているほどの芸者たちは、一人も洩れなくおとわの告別式のために、明朝十一時までに大通りの毘沙門の境内へ集まるようにと、今日の夕刻見番からの回章を受取っていた。今までには、例のないことであった。おとわがこの土地の発展のために特別の功労があったというようなこともきかないし、どうして彼女にかぎってそんな特別なはからいがおこなわれたのか、それも皆には解しがたいことであった。

それを知っている者が、たった一人いた。幾米である。

伊代は弔問客の混雑がやや片付いた折を見て小用のために階下へ降りていったが、そこでなにやら片付け物をしている幾米の姿を見付けると、はじめてその傍へ近づいていった。そして、葬儀の費用は誰が出すのでもなく、おとわ自身の保険金によるものだということを、はじめて知った。

芸者で五十歳といえば、もう大変な老齢だが、世間並みの女としてならば、まだ死期を感じるというほどの年齢ではあるまい。おとわが、Y生命の代理店をしている新万という待合の亭主にすすめられて、ただほんの付き合いという気持から五百円の保険をつけたのは昨年春のことである。けれども、誰ひとり受取人という者を持たない自分を考えれば、おとわもついばからしくなって、去年の暮ごろからは、そのまま放り出してあった。ところが、この二ヵ月ほど前になって、新万から催促をされるままに、不承不承ながら掛け継ぎをした。その時にも、相手が出先の待合の亭主では仕方がないというほどの心持であった。けれども、そうなってみれば、今度はせっかくここまで掛けたものをそのままにしてしまうのも惜しいという慾が出て来て、先月の分は新万からの催促を受けるより先に、自分からすすんで納めた。それが幸いして、ぽっくり死んで彼女に五百円という金が入ったというわけであった。

幾米は万事にうとい女で、自分一人ではどうすることもできないことを知っていたから、おとわの臨終を見とどけると同時に、とるものもとりあえず組合の役員をしているもみじという待合の親仁のところへ相談にかけつけた。すると、もみじも実はいま自分もきいてこまったことだと思っていたところだが、なんとか考えて置こうという返事であった。幾米は突っ放されて、とんだ背負い込みだと考えたが、こうなったからには知らん顔をしていられるものでもなかった。誰も責任を負う者がなければ、清水の舞台から跳び降りた気持で自腹を切るまでだと決心した。決心した裏には、情は人のためならずというほどの、多少は仏に恩を被せる心もあった。

引き受けるときめたからには、ぼんやりもしていられない。女中一人でてんてこ舞いをしているおとわの家に行って、及ばずながら何かと手配をしているうちに、ようやく伊代の名を思いついて電話をしてみた。

そうしているところへ、今度はもみじが飛びこんで来た。新万からの一件を聞いて金は保険会社から出るとわかったから、葬儀万端のことは見番で切り盛りする、心配はないようにという話であった。いったん見番が引き受けるときまったからには、いかに無縁仏でもあまり淋しい葬儀を出すわけにはいかない。そんなことから、明朝の告別式には回章を廻わして、自前の芸者衆にはのこらず霊前へ立ってもらうということも、とんとん拍子にきまってしまったというのであった。

伊代の顔を見つめて、こんなに倖せな人はないよねえと幾米は言ったが、幾米もやはりその言葉の裏に日ごろのおとわが人びとにあたえていた印象と、このたびの葬儀にからまる意外な結果に驚く気持は隠しきれなかった。

そんなあいだにも、弔問客の出入りはとぎれがちにつづいていた。

死んだおとわが、この上にくたらしい行いをはたらく気づかいはなくなったという安心が、こんなにも多くの人を集めたのだろうか。だとすれば、やっぱり思うさましたい放題をして死んだ者が勝利を占めたとよりほかに言い方はあるまい。石井が言ったように、ほんとうに自分の好きな道をあるいた者だけが、窮極に於いては悔いのない人生をつかんだことになるのだろう。すくなくとも、伊代がおとわの死から教えられたものは、それであった。

そして、いまさらのように、彼女には自分の息子の晋一のことが考えられた。鉢植えの樹木の若い枝のような息子を、母親という針金で巻きつけてはならない。欲するままにのばしてやることが、親のつとめだろう。彼女はそんなふうにも考えた。

だが、果して、これはそういうことなのだろうか。老妓おとわが、死にあたってこれだけの人を集められたのも、今日はひとの身あすはわが身と、俄かにおのれの生に自信をうしなった者たちの、これはあわてふためいたありさまなのではなかろうか。

幾米はそのへんの抽斗を開けては、まだ何かごそごそ捜しつづけていたが、俄かに、ねえ、これを見ておくれよと瞳をあげて伊代に呼びかけた。

伊代は幾米から手わたされて、黒い布表紙の小さな手帖を受取ったが、開いてみると、そこにはたどたどしい文字で、およそ五十人ほどの男の姓名と住所とが、丹念に書きしるされてあった。中には幾米もその名を知っているような人の名も幾つかあったし、誤字だらけではあったが、本宅、会社、工場というふうに区分けして、克明に電話番号までが書きこまれてあるところから察して、それらが彼女の客たちであることは容易に想像された。

もとより、おとわは、そういう男たちが自身の葬列につらなってくれると思っていたのでもなかろうし、香奠がもらえるとすら考えていたのでもあるまい。それどころか、おとわには自身の死に対する心組みすらまったくなくて、ほんとうにぽっくり死んでいったに違いなかった。けれども、そうした手帖を手にして、いま自分らの頭の上の二階におとわの遺体が据えられていることを思えば、伊代の胸も、幾米の脳裏も、そんな頼りにならないことにすら縋らずにはいられない、女ひとりの生活の侘びしさにじわじわとひたされて、やっぱりおとわも一人の女であったのだという考えが二人の瞼を熱くした。

二階では、まだぼそぼそと話し声がつづいていた。火の番の拍子木の音が去っていくと、夜の更けたのが感じられた。

〔1938年「あらくれ」6月号　初出〕

石蹴り

私は子供のころ、たった一人で石蹴りをして遊んだことが幾度かある。私は家から遠くはなれた場所にある小学校へ電車で通っていたので、家の近くには遊び友だちがなかった。自分が自身の手で気まぐれに地面に書いた円や三角の中へ次々と石を蹴っていって、蹴りすぎたり蹴りたりなかったり、幾度か失敗をかさねながらゴオルへたどり着く。少年時代の私は、そんな遊戯に一人でふけった。

あのころ——関東大震災よりも以前の東京の道路は、どこも土の道路であった。その土の色が、いま私の眼にうかんで来る。

私の母は京都の生まれだが、かぞえ年で四つか五つのころ、私の祖母にあたる彼女の母とともに東京へ出て来た。そのためか、言葉にも訛りがなかったし、東京生まれの女のように伝法な口をきいた。蔭で聞いていると、苦笑をさそわれることがあった。

私の戸籍簿は戦災で区役所が焼失したために戦後再製されたものだから、どこまで信用できるか疑わしい。私は二、三年前にその戸籍簿を見て、母が父と離婚したのは私がかぞえ年で三歳の時だということを知ったが、私は母から私の二歳の折のことだと聞かされていた。法律上の手続が、私の三歳の年になされたのだろうか。

その後も父母の交渉は絶えることがなく、ずっと後に父が再婚をしてからも継続されたが、母は独身を通した。あるとき、お札売りの神主が母の家の玄関に来た。女中が出て行かないのでやむなく立って行った母は二言三言その男と言葉をかわしていたが、ちょっと高くなった声が私の耳に伝わって来た。

「あたしア、出雲の神様にはウラミがあるんだよ」

父は若いころ常用の箸をきらって、食事のつど新しい割箸を使っていたとのことである。彼は幾度洗っても、きたながったという。母が父と結婚したのは十五の時だから、幼ない妻は台所で涙ぐんだことだろう。

そんな父の遺伝か、青年時代の私は必らずしもきれい好きではなかったが、明らかにきたながりであった。この二つの言葉は同義語かも知れないが、私にはすこしニュアンスが違うように思われる。

亡くなった梅崎春生君には、私のこういう点が許せなかったらしい。私が海軍に応召中のことを書いた雑文の中で、シコイワシの卵とじを出されたのにはどうにも耐えがたかったと述べたのをとがめて、彼は言った。

「あれは、最高のご馳走じゃないですか」

軍民をとわず、戦時下の日本人の食事は人間以下であったから、梅崎君の言は正しい。が、それはイワシと卵とを切りはなした場合であって、その取り合わせ——二つの材料から造られた一つの製品が、私にはなんともたまらなかったのだ。きれい、きたないの感覚に話が移ったとき、梅崎君はさらにたずねた。

「あなたは、餅を火箸で焼きませんか」

「火箸で焼くことはぼくも平気だけれど、火箸でつまんで口へ持っていくのはいやだな」

私たちは、ついに諒解点に達しなかった。

私は中学生の終りごろから学校の禁をおかして髪をのばしはじめたが、二十幾歳かになるまでクシもカミソリも持っていなかった。髪は手で分けて、ヒゲはハサミで刈っていた。

「いまに君はえらくなるよ」

勤務先の雑誌社が解散になって、私が東京新聞の前身である都新聞社の校閲部にいたのは二・二六事件の前後だが、仕事がちょっと手あきになったときハサミでヒゲをつんでいると、西尾という部長に言われた。当時、都新聞には劇評家で『日本演劇史』を出版された伊原青々園氏がおられて、いつも編集局の上席で手持ち無沙汰な顔をしていた。その伊原氏が若いときから、やはりハサミでヒゲをつんでいたのだそうである。

私は理髪店でうっかりポマードを塗られてしまうと、その日のうちに洗い落した。私は油そのものも好きではなかったが、油がふくんでいる香料にたえられなかった。小学生のとき運動会の弁当にサンドイッチを持たされたが、それを包んであったハンカチーフにしみついていた香水のにおいがパンに移っていた。私は空腹と戦いながら、午の食事をぬいた。香料を私がきらうようになったのは、その時からであったように思う。ハンカチーフは母のもので、母は香水を欠かせないような生活をしていた。そのことが、少年の私にはこたえたのだろう。以来、私は香水をつけた女性の近くへは寄れなくなった。

カミソリも持っていなかったくせに、青年時代の私が日に三度も四度も顔や手を洗ったのは、ちょっとしたにおいがついていても気になったからで、衛生とは直接の関係がない。あくまでも神経的なもので、よく風邪をひいた私はすこしなおりかけると風呂へ入りたがったが、母は停めてもきかぬと言った。

「アカで死ぬ奴アないんだよ」

しかし、そういう母との交渉は、私がある年齢に達してから生じたものであった。

私は現在でも、満足には箸を持つことができない。なんとか人前をつくろっているだけのことだが、それは私が幼時に母と暮したことがなかったのにもよるだろう。

なにをしても失敗ばかりかさねていた父がシナへ渡って、姉と私が父方の祖父母とともに静岡の市内へ移り住んだのは私が五、六歳の時のことであった。鷹匠町という所にあったその家の前には水田がひろがっていて、そのむこうを煙突の先端の方がひらいている汽車がのどかに走っていた。

当時の鷹匠町の町なかを流れていた小川の水は澄んでいてフナやハヤが泳いでいたし、夕方など私は道路をゆうゆうと横切っていく青大将を幾度か見かけた。時どきその前を通ることがあった静岡城内には第一次世界大戦のドイツ兵捕虜が数多く抑留されていて、石垣の上の松の樹のあいだに彼等の動いている姿が見えた。彼等は上半身裸体になって、日向ぼっこをしていることもあった。

私は濠の水をへだてて、捕われの身となった彼等を見たわけだが、故国や家族とわかれてすごしていた彼等と姉や私の境遇にはいちみゃくの共通点があった。私たちも郷里の東京と両親の許をはなれて、ただその土地が父の郷里だったというだけの縁故で静岡市内の借家に住んでいた。そして、父方の祖父母というのは、父の養父母であった。

物ごころづいてから私が最初に母と顔を合わせたのは、小学校入学の前年の秋である。シナから突然父が戻って来て、姉は静岡へ残されたまま、私だけが父に連れられて浜名湖畔の弁天島の旅館へ行った。そこに東京から母が来ていて、私は父に引き合わされた。

その父母もすでにこの世にはいないが、父だけ知っていた人は私を父に似ているというし、母だけしか知らぬ人は母親似だという。私自身はどちらにも似ていると思うが、ふとした挙措や顔の輪郭は父親似で、目鼻立ちは母親似だとこのごろ思うことが多い。

母の写真は、母の家が戦災に遭ったために、現在私の手許には二葉しかのこっていない。一葉は彼女の家の玄関先に私の姪——姉の娘とならんで立っている五十歳ごろのもので、他の一葉は二十四、五歳ごろのものか、丸髷に結って、肘を桐らしい丸火鉢のふちにのせた右手の人差指を耳の下あたりに当てて、左手は同じ火鉢のふちを軽くつかむようにしている。着物と対の羽織をまとっているが、その紋付は現在なら五十歳を過ぎても着ないと思われるような地味な縦縞である。そして、その写真の裏には、

「昭和弐拾年四月八日　写真焼失と存じ小生の手持品を進呈仕り候　酒泉健夫」

と達筆な毛筆で記されていて、宛名は私でなく家内名義になっている。これは当時私が応召中だったためで、酒泉健夫という名は永井荷風をすこしふかく研究した人ならかならず知っているはずだが、空庵という雅号をもっていた荷風と親交のあった歯科医で、両者がならんでいる写真は岩波書店版『荷風全集』第二十二巻の口絵にもなっている。酒泉氏は私も存じ上げていたが、母の写真は氏が撮影したものを複写してくださったのであった。

二十四、五歳ごろのものとすれば、私が弁天島ではじめて母を母だと識った当時の面影をつたえているわけだが、母にはやはりそのころ描かれたかと思われる油絵もあって、それは大久保作次郎画伯の作品であった。何号というのだろう。縦が一メートル近くもあって、いかにも大正時代らしい紫とピンクの勝った、あわい色彩の肖像画であった。浅い水色の和服をまとって合歓の花びらのような色の頬をもった母は、髪のつまった銀杏返しを結って、箪笥に背をよせかけながら横坐りに坐っていた。そう言ってよければ、夢二風なムードをもった画であった。

母が狭心症で急死したのは、私が応召中の昭和二十年二月二十六日のことである。病兵となって横須賀海軍病院から湯河原の分院へ移されていた私が電報で東京へ呼び戻されたとき、その画はある人の所へ預けられてあったが、私はその人に電話で事情を話して母の家でおこなった通夜の席へ届けてもらった。何年ぶりかで接した画の中の母は若々しく、恐らく当時の母とくらべても数等美化して描かれていたはずだが、母の家は三月九日夜の空襲に遭って、その画も焼失してしまった。

初対面の母から、私はどんな印象を受取ったのだろうか。今はまったく忘れ去ってしまっているのに、そのとき私へのみやげとして母が東京から持参してくれた玩具のことだけは、なぜか不思議におぼえている。

それは暗灰色に塗装された木製の戦艦と駆逐艦かなにかで、どこかの部分をどんなふうにか操作すると魚雷のようなものがとび出して、うまく標的艦に命中すると、積木のような構造になっているその艦が破砕されるといったようなアイデアの玩具であった。魚雷ではなくて単なる円盤のような単純なものだったかも知れないが、ともかくその弾丸の役割をもつものが畳の上をすべっていって目標物にうまく衝突するかどうかに、少年の私はスリルを感じたようであった。

息子への初のプレゼントに軍艦の玩具を贈った母は、私が海軍に応召中、私の顔も見ずに急死していった。この暗合は虚構と思われるかもしれないが、つくり話なら、私のような者でももう少しうまい嘘をつく。

父は弁天島の駅で私たちとわかれて、母と私だけが東京へ来た。そして、姉も私よりすこしおくれて母の許へ引き取られて来たころ父はふたたびシナへ渡ったが、間もなくまた帰日したところをみると、彼は幾度目かの事業にまたしても失敗したのだと考えられる。

母とともに帰京した私は翌春小学校へ入学するといったん寄宿舎へ入れられたのち、二年生の時から自宅通学をするようになったが、母方の伯父の家に預けられたのは何年生の折であったろうか。伯父の家は牛込通寺町の葬儀屋の裏隣りにあったが、その袋路地を出ると筋向いに文明館という映画館があった。

母からその年ごろの子供としては潤沢すぎるほどの小遣を与えられていた私は、さすがにまだミルクホールなどへ入ることはなかったが、雑誌や間食の菓子類は自分で買って、文明館へも一人で入った。大半は新派悲劇調のものであったが、『噫小野訓導《ああおのくんどう》』という映画は琵琶の伴奏で観客の紅涙をしぼった。

宮城県下の小学生が遠足に行って川に落ちたとき、それを救おうとして水死した女教員小野さつきの殉職は大正十一年七月のことで、筈見恒夫の『映画五十年史』をみると、その事件は日活と松竹の両社で競映されて、前者は『女訓導』、後者は『噫小野訓導』という題名だったとのことだし、文明館は日活系であったから、私が観たのは『女訓導』のほうだったろう。が、大正八年十一月に東京の永田町小学校の教員松本虎彦がやはり生徒を救おうとして玉川上水で殉職した映画も、私には観たような記憶がある。上映が大正八年だとすれば、私はまだ二年生であった。

文明館だけではなく、少年時代の私はもうすこし神楽坂に近いワラダナという所にあった牛込館へもよく通った。関東大震災に焼けのこった牛込館は洋画の封切館となって、焼けた下町の客まで集めるようになったが、震災前にはやはり邦画を上映していた。

私が山本嘉一や山田隆弥の出演する『髑髏の舞』という映画を観たのもその小屋である。そして、日本映画の女優で最初に魅力を感じたのは、この映画の岡田嘉子であった。まことに薄気味のわるい映画であったが、私は恐怖に息を殺しながら、若い岡田嘉子に母性的な美を感じていた。少年が異性に感じる美は、母なるものへの回帰の思想だろう。その場合の母とは、温かいものの代名詞である。

が、しかし、現実の私の母は、どこか他の母親たちとは違っていた。そして、私もまた他の子供たち——すくなくとも私の同級生とは違っていたようである。

私の学校の成績がかんばしくなくても、母は一度としてとがめたことがない。少年時代の私は気管が弱くて小児喘息の気味があったから、母は医師の指示で夏ごとに私を房州の海岸地へ避暑に出してくれた。

もちろん、そういう折にも私は一人きりであった。母は身体さえ丈夫ならという徹底した考えを持っていたようで、その点でも、私の成績に渋面をつくる父とは対蹠的であった。私が小学生時代から一人で見知らぬ漁師の家などに預けられていてもホームシックというものを感じたことがないのは、幼時から家族と別れ住んで、家という観念を持たなかったからであったろう。

私は中学のなかばごろまで、夏ごとに海岸へ行った。そしてすこし間を置いて、学生時代の終りごろから学校を出た直後までは、母が鎌倉の極楽寺に持っていた家屋の使用権を与えられていた。その家は、性医学で高名だった羽太《はぶと》鋭治という医学博士の居住跡であった。どんな理由か、博士が東京で自殺したあと、母はその家を入手したのだが、親戚の者がとやかく言っても、

「なにも、この家で死んだんじゃないから」

と、すこしも取り合おうとはしなかった。母は無教育であったが、迷信にとらわれたり、エンギをかつぐというようなことはなかった。私の結婚式の日取にしろ、大安というようなことにはかかわりなく、ただ記憶しやすいというだけの理由で三月三日を選んだ。

そうした点、まことにさっぱりしたもので、私の中学生のころは無論のこと、小学生の時分にも避暑地へは送金をして来るだけで、手紙をよこしたことはない。そのかわり、私が送金の返事を書かなくても怒らなかった。

母の手紙を私が受取ったのは海軍に応召してからのちのことで、彼女は左手に巻紙を持ちな

がらかなりのスピードで手紙をしたためたが、穂先のチビた毛筆しか使えなかった。水茎の跡などというものからは遠い筆跡だが、ヘタではなかった。誤字や宛字もすくなくなかったが、父は母と反対によく避暑地へも達筆の手紙をよこした。

父の毛筆の筆跡はむしろ稚拙であったが、ペン字は流麗という表現がもっとも適切にあてはまるかと思われるような趣きをそなえていた。いまも私は晩年の父の書簡をわずかながら所持しているが、私が少年時代に受取った手紙の文字も、私の記憶に関するかぎり晩年のそれとほとんど変っていなかった。ということは、つまり父の手紙には児童に読ませようとする配慮がまったく欠けていたことを意味していて、達筆なだけではなく、文面もきわめて事務的な候文であった。そちらは元気か、こちらも変りがないというようなことしか書かれていないので、私は開封をしても判読に苦労する気が起らなかった。私が手紙をよこさないことで母を冷たいと感じたことがないのは、よこされても父の手紙が読めなかったことと無関係ではなかったろう。

父は弁天島の駅で母に引き取られて行く私を見て涙をうかべていたとのことだが、私はおぼえていない。

「お父さんときたら、男のくせにすぐ泣くんだから」

母は笑っていた。感傷的だった父の手紙のほうが事務的でそっけなくて、軍隊で母からもらった手紙のほうが情にあふれていた。

もっとも、母は私が軍隊へ行ってからは毎日泣き暮していたとのことだが、終戦をまたずに急死していったほどだから、自身も周囲も気づかぬうちに、彼女の身体はそのころから急速に弱まっていたということが考えられる。すくなくとも、小学生であった私を毎夏ただ一人で見知らぬ海岸へ避暑に送って手紙もよこさなかった母と、私の応召中の母を同一人物だと考えることは、私には困難である。二つの時期における年齢差が原因だとしても、母の歿年はかぞえ年で五十三だからまだ若い。その私に、確実に言えることは一つしかない。私の母が、世にいう「軍国の母」では決してなかったということである。母は、自身の感情をいつわることが大嫌いであった。

感情をいつわれなかった母には、短気というほどではなかったにしろ飽きっぽい一面があった。自分の家にも大工を入れるのが好きで始終部屋の模様替えをしていたが、私にもたえず下宿屋を移動させた。なぜ、あれほどまで居所を変えさせなくてはならなかったのか理解に苦しまされるが、私は母から、

「いい家が見付かったよ」

と言われると、部屋も見ずに引越した。

私は従順だったので、母に反抗できなかったのだろうか。そうではなかったと思う。私は何事にもあまり不満を持たぬ人間だから、下宿を気に入らなかったことはないし、そんなことを自分から訴えたこともない。引越しの事務的なことは母に一切まかせて、身体だけそこへ持っ

ていけばおのずと環境が変るので、それも悪くないと考えただけのことでしかなかった。私にはかなり後になるまで、それを当時の虚無思想の現われだといい気になって考えていたところがあったが、その代償として物ごとに対する執着をうしなったことは大きな損失であった。

学校をやめたいと私が言い出したとき、母は私を小田原の郊外へ連れて行って大学病院の先生だという人に引き合わせた。あるいは大学病院というのが、当時私の在籍した大学の医学部の病院だったというような理由で、私の退学問題をその人に相談するつもりだったのかもしれない。

「あんたも、のむんだろう」

母が私にエアーシップという両切煙草の函を差し出してくれたのは、その車中でのことであった。それまで私はなかば公然と煙草をふかしても、母の前で喫ったことはなかった。母は口付の朝日しか喫わなかったので、その両切は私のために東京駅あたりで買っておいてくれたものに相違なかった。私が函から一本引きぬくと、母はマッチを擦ってくれた。

そのとき診療所らしい場所で逢った半白の頭髪をもつ白衣の医師の顔を私はおぼろに憶い浮かべられるが、話の内容は記憶から落ちている。そして、私は間もなくその学校を退学してしまったし、母にもかくべつ反対されたという覚えがないから、その人も私の意志を強硬にははばまなかったのだろう。勿論、それは結果からの逆推理で、その人は私に思いとどまるように忠告したのに、母は私の望むようにさせてくれたのであったかもしれない。

母がなぜ、その問題について父とは相談しなかったかという理由は、私にも容易に推察できる。父に言えば、かならず反対するにきまっていたからである。したがって、母がその手数をはぶいたのは、はじめから私を阻止しようという意志を持たなかったことを意味する。理性としては、彼女にも当然、私に同意してはならぬという抑制があったろう。しかし、彼女は感情をいつわることが嫌いな女であった。今ほど交通事情がよくなかった時代に小田原まで出かけたのは、そんな彼女のせめてもの気安めであったろうと私には考えられる。

母は、私のことならなんでも許した。脆弱な私の健康を案じて小説を書くことはいやがっても、やめろということは言わなかった。

小田原への車中でエアーシップにマッチの火をつけてもらった私は、しかし、母が朝日を取り出しても火を点じるというようなことはしなかった。私たちは仲のよい母子だと自分等でも信じていたが、おもねるという形で母に接することを嫌った私の心の底のどこかには、私が結婚の直前まで戸籍上では父方の人間であったために、母は私の経済的庇護者だという意識がひそんでいなかったとは言いがたい。母が父と離婚してから私たちが再会するまでの期間は三、四年に過ぎないが、やはりその期間には物差ではかれない何かがあった。

その何かが、逆に私たちをかたく結びつけていたのだろうか。この設問を肯定すると、今度は母と姉との間柄に説明がつかなくなる。人間関係の岐路は、紙一重のところにある。私は弁天島へ行って、姉は弁天島へ行かなかった。結果的にみるとき、その再会の出発点の相違が母に対する姉と私との相違となった。

私が召集を受けてから後の、私に対する母の愛情のあらわれには尋常でないものがあった。そして、それが病的な翳りさえ持つに至った原因は、その直後に彼女を襲った死という結果から逆に判断するよりほかはない。三日にあげず分隊へ宛てて手紙をよこした母は留守宅の室内を私の写真でうずめただけではなく、物資不足の時代に陰膳まで据えて私の無事を祈っていたとのことである。この私一辺倒とでもいうべき行き過ぎには、姉や家内までがいささかの反感すらおぼえたようだ。

今も人並み以上に煙草の量が多い私のために、母と家内は私の応召中にも苦労して手に入れて海兵団へ小包で送って来たり、面会の度ごとに東京から持参してくれたが、私は分隊で朝日が配給されると取っておいて母に喫わせた。父母と私の三人で話していると、火鉢の灰はたちまち吸殻でいっぱいになった。父も朝日党であったが、応召中面会にきた父に私は朝日を渡した記憶がない。もっとも、再婚した父には幼ない子供がいたし、戦時中にはじめた事業がめずらしく好調で、彼はめったに面会に来られるような状況ではなかった。

私は一等兵に進級してから単独外出ができるようになっていたので、母は横須賀へ来ると私を安旅館へ連れていった。そして、私の衣類についているシラミを両方の親指の爪でつぶしてくれた。

「あれだけは、あたしにはできませんでした」

と、あとで家内は言った。

秋口になってから家内との縁談が生じた年の春であったか、私は小さいなりに質のいい出版社に籍を置いていたが、たぶんその日は土曜日だったと思う。勤務先へ母から電話がかかった。そんなことは絶えてなかったが、電話は熱海からで、いま旅館へ一人できているから夕方の列車で来ないかと私はさそわれた。

駅前から海岸へ通じているバス道路に、トンネルが一つある。その小さな旅館はそのトンネルを越えた所のすぐ右側にあって、私は久しぶりに母と枕をならべて寝た。翌朝窓を明けると、市街と海が一望のもとにおさめられて眺望がよかったが、母は午後になるとハイヤーをやとって湯河原に宿を移した。途中、海近いあたりの桜は二分咲きであった。

私達の泊った宏大な旅館は、戦時中その温泉場の目星しい旅館のほとんどことごとくが横須賀海軍病院の分院に指定されて患者を収容したとき、本部が置かれた家であった。そして、私が母の急死を知ったのも、その湯河原の分院に入院中のことであった。

母と私がそこへ着いたのは明るいうちのことであったから、湯にひたって丹前に着替えた私たちは夕食前の腹ごなしに、日金山《ひがねさん》登山口のほうへむかって坂道をのぼって行った。戦時中には看護婦の宿舎や薬局にあてられた、その坂道の中途にある、旅館よりも小さなモルタル造りの家々は湯河原名物の赤ペン、青ペン、金ペンなどと呼ばれた私娼窟で、その名の由来は、それらの家家の一軒一軒に塗られていた赤ペンキ、青ペンキというような塗料の色彩からもたらされたもののようであった。

その前をゆっくり通り過ぎた母は、さらに左へ曲った。その道は山の中腹へ横に一本線を引いたように真直ぐ通じていて、左側にはまだ蕾をひらかぬ桜並木がつづき、眼下に温泉場がひろがっていたが、右側にはおなじような構造のあまり大きくはない木造の二階屋が建ちならんでいた。そして、そこも私娼街であることは一目でわかった。

母はそんな場所を私と肩をならべながらゆるい歩調で歩いてまた元の道を宿まで引き返したが、彼女はなぜ私をあんな場所へ連れて行ったのだろうか。すくなくとも、常識的には母子連れの歩くコースではない。

私はそのとき数え年の二十九歳で、当時としては当然妻帯していなくてはならぬ年齢であった。事実、友人の大半はすでに結婚生活に入っていたから、母はそういう私の状態を不自然なものに感じていたに相違ない。したがって、あの時もし私がそのうちの一軒にあがりたいことをにおわせたら、母は察しよくそのような態度を執っていただろう。母と私の仲なら、あり得ぬことではなかった。しかし、私がそんなことを言い出すはずはなかったし、母にしても小田原へ行く途中の車中で煙草をすすめてくれた時とは違って、それを気軽に切り出せるわけはなかった。

いまにして私は思うのだが、あの不可解な散歩は私のためではなくて、母自身の心の問題にかかわりがあったのだろう。二十歳かそこらで父と離婚して、ずっと独身ですごしながら私の生活から学資の一切を見つづけた母には、時として自己嫌悪にたえられぬ思いをかみしめたことがあるに相違ない。彼女があのとき一人で熱海の旅館に泊っていたのも、なにかを思い詰めた結果の気分転換が目的であったのだろうし、私を呼んだのは孤独の思いにたえられなくなった果てかとも考えられる。そして、赤ペン、青ペンというような店の建ちならぶ場所を歩いてみる気になったのも、この世の中には自分より哀しく苦しい境涯におかれているオンナたちが存在することを、自身の眼で確かめたかったからではなかったのか。すくなくとも彼女の一生には、そんなことを私に想像させるようなものがあった。

私が海軍に応召したのは、十九年の九月である。数え年では三十四のときで、私にはすでに子供もあった。東京駅へ見送りに来た母は父と二人で横須賀へ先廻りして、海兵団の入口にある稲楠《とうなん》門という所の近くで、引率されて行く私を待ち受けていた。そして、隊列の中に私を見付けると、その前を通り過ぎて行った私の背後から私の名を呼んで、

「死ぬんじゃないのよッ」

と叫んだ。身だしなみのよかった母が髪を振り乱しているのを、私はそのときはじめて見た。

母に最後に逢ったのは、敗戦の年の二月四日であった。家内が風邪で寝込んでいたので、母は私の姪と二人で横須賀へ来て、三人で旅館へ行った。そこで母は火種をもらって、東京から新聞紙に包んで持参した桜の花のような形をしたタドンをおこすと、餅をつけ焼きにしてくれ

た。使用人を置きなれて料理の心得をまったく欠いていた母が、私に自身の手でこしらえてくれたはじめての食物がそのつけ焼であった。それが私の最初に味わった母の味覚で、私が生ける母を見たのはその日が最後になった。

分隊へ戻る時刻が来て、一般の出入りはそこまでとされている稲楠門の所で私は母と別れた。そこから先は軍の専用道路であった。歩調取れの姿勢で敬礼をしながら番兵の前を通り過ぎてから振り返ると、母は姪の身体にすがるようにして上半身を乗り出しながらこちらを凝視していた。あたりはすでに暮色につつまれていて、寒さがきびしかった。

〔1966年「風景」7月号　初出〕

耳のなかの風の声

昭和二十八年二月二十八日付夕刊各紙は、私の父の死をいっせいに報道した。

晩年のきわめて短い一期間、父は気散じがしたくなれば劇場の前売券を入手したり、伊豆方面の温泉地などにも出かけていたようである。その程度の欲望ならば、いつでも容易にみたすことが可能な様子であった。父の経営する会社は二台の自動車と一台のオート三輪を所有していて、一年たらずのあいだに電話も二本増設した。私はそのたびに、社名とならんで父の名が印刷された開通の案内状を受取った。父の名には、取締役社長という肩書があった。父はその死を目前にして、彼なりの小さな成功をおさめた。その期間は短くて、その成功はささやかなものであったが、それは恐らく、失敗に次ぐ失敗の連続に終始した父の生涯にあって、掉尾の一振とでもみられるべきものであった。すくなくとも第三者の眼には、そんなふうに映じていなければならぬはずであった。もちろん、私だけが、その唯一の例外であり得るわけはなかった。

が、父はけっきょく芽の出ぬ男であった。陋巷《ろうこう》の裏通りから裏通りを歩きつづけて、最後まで表通りに出ることのできなかった、無名の一市井人でしかなかった。したがって、その死を新聞紙上に伝えられるような存在ではあり得ぬはずであった。世間の表面とはなんのかかわりもなく、一握りほどの人間に送られて、ひっそり土に還っていくべきはずの人間であった。にもかかわらず、都下の日刊紙はこぞって父の死を報道した。そのうちの二紙までが、三段見出しであった。父の溺死体が、三浦三崎近傍の海上で出漁中の漁夫に発見されたからである。

父は二十五日の午後、歌舞伎座を見物すると言い置いて、二人の家人とともに家を出た。家人の一人は父の妻であって、他の一人は、二人のあいだに儲けられた四人の男子のうちの末弟であった。

二十五日は、日没後になってから小雨が落ちた。冬の終りらしく、あまり強くはならぬ雨であった。三人が雨具を用意して出たのはその雨が降りはじめる以前で、家の前からタクシーをひろった。午後の四時、すこし前である。ほとんどもう、夕刻といってもいい時刻であった。

そのとき、道路に出て見送りをしたのは妻の実家の姉で、その六十歳にちかい姉は、それまでにも父夫婦がそろって外出する折というと、しばしば依頼されて留守番に来る慣例になっていた。父の老後にそなえて茶と生花の稽古にかよっていた妻は、それでなくても留守がちで、洗濯や繕いものの始末にももっぱらその人の手をわずらわしていたから、姉はほとんど家族の一員も同然な間柄にあった。ある意味では、父の息子たちよりも家情に通じているところがあった。が、そのときの姉の眼にも、そのとき、父たちの様子に平常と異なるところは何ひとつ認められなかったということである。

「じゃ姉さん、よろしくお願いしますね」

「はい。気をつけて行ってらっしゃい」

パターンとドアが閉じられると、窓越しに姉と妹とが目礼をかわして、剽軽者《ひようきんもの》の末弟が一人ではしゃぎながら浮き浮きと楽しげに手を振る。しかし、そういうあいだにも無口な父だけは押し黙って、かたく唇をむすんでいる。そして、タクシーが疾走し去る。

それは恐らく、そのおなじ場所で、それまでにも幾度となく繰り返された光景である。事実、その三人がそうして外出することは、その一家にとってすこしも珍しい事柄ではなかった。

「よろしくお願いしますね」という妻の言葉も、父の無言も、その日だけの特異なものではなかった。あとに残された三人の男子のうち、一人だけはそのとき学校へ行っていて不在であったが、残りの二人も見送りには立たなかったということである。そして、彼等は翌二十六日の朝までなにも知らずにいた。知ってからあとも、私には知らせてよこさなかった。

私がそれを知ったのは、二十六日の午後になってからである。私は父自身によって投函された遺書に接して、はじめてそのことを知った。自宅の者たちが知るよりも、遅れること五時間ほどのちである。そして、その時刻には、三人とも生きてまだこの世にいた。彼等の目的を歩一歩と追い詰めながら、まだそれを果し得ずにいた。が、しかし、弦をはなれた矢はふたたび元の弓にもどらない。三人はその夜、海中に身を投じて落命した。心中を、遂げたのであった。投身の時刻は、前後の事情からほぼ午後の八時見当と推定される。前日彼等が家を出てから、一昼夜以上の時間が経過していたわけである。父とその妻との死が二人の意志によるものであることは、その遺書によって明白であった。末弟だけがなにも知らずにいて、道連れにされた。

父は戦後風のかぞえかたで六十六歳、妻は四十七歳、末弟は小学校の四年生であった。

＊

父は生前、私より六歳年長でしかないその妻を私に「ねえさん」と呼ばせて、末弟が無心に私を「おじさん」と呼ぶのをとがめなかった。私を「おじさん」と呼んだ末弟は、私が彼の「兄」であることを最後まで知らなかっただろう。父はけっして、それを自身の末子に告げ知らせようとしなかった。父の妻にも、末弟に改めさせようとする意志がまったく見られなかった。むしろ、故意に秘し匿そうとするさますらうかがわれた。それは恐らく、すでに十余年前から私が父方の籍をはなれて、母方の姓を称していたことに何らかのかかわりをもっていたはずであって、私にはそれが見えすいていた。が、それを指摘することによって父と私とのあいだに喚び戻されるもののことを考えると、私にはそういう場所を避けて通りたい心がうごいた。自然にまかせて置いても、早晩、末弟みずからそれをさとるときが来るだろう、来なければならぬはずだと、私はそのつど強いて考え捨てるようにつとめた。その自己強制は私にかるい痛みをおぼえさせたが、苦痛というほどのものではなかった。そういう自身に、私は自分でも意外であった。

私とその一家との薄いつながりは、父の死に先立つ十三ヵ月足らずのあいだ、そういう状態のままに持続されてきた。つながりのいとぐちが開かれる以前には、父と私とのあいだに五年ほどの空白があった。——言い換えれば、五年ほどの絶交状態ののちに交渉が取り戻されてからでは、一年と一ヵ月の時日も経過していなかった。

私を「おじさん」と呼んだ者は、もちろん、おさない末弟一人だけにとどまる。が、私に「弟」として対さなかった者は、末弟だけではなかった。中の二人は、私を私の名で呼んだ。私を「兄さん」と呼ぶ者は、わずかに総領息子が唯一人あるだけであった。しかも、その総領でさえもが、私を「兄さん」と呼ぶときには、すくなからぬ努力を必要とするらしい様子が蔽いきれなかった。そして、彼もまた彼のすぐ下の弟たちと同様に、五度のうちの四度までは私を私の名で呼んだ。「兄さん」という用語の使用度は、せいぜい二十パーセント程度のものであった。彼はその二十パーセントの比率で私を「兄」だと信じて、それに四倍する八十パーセントの比率で、私と彼自身とのなかにながれている血液の相違を意識していただろう。

父の死後、会社は時を移さず清算事務に入った。会社から清算人に委嘱された弁護士には、私からも一応の挨拶をして置くことが礼儀であった。私はそう考えたので、ちょうど清算人が来訪したとき、自分を紹介してくれと総領に耳打ちした。総領はうなずいて、即座に椅子から立って行こうとした。が、そのときふッと振り向いて私にたずねた。

「なんて言ったらいいんですか」

私には、咄嗟に彼の質問の意味が解しかねた。それほど、私は駭《おどろ》いた。私は、彼の顔を見た。それからこぶしをぐッと握りしめて、ゆっくり応えた。

「……兄です、兄ですって言えばいいのさ」

清算人と私との初対面の挨拶は、きわめて円滑に取り交わされた。父自身中の二人は、恐らく総領以上の距離を、私とのあいだに感じていたに相違あるまい。父自身の遺書に接して私が彼等の前に姿を現わしたことを、彼等もいぶかしみはしなかった。私の出現は、彼等にむしろ当然のこととして受取られた。彼等は年長の私にむかって万端の指図を乞い、警察との折衝から葬儀の一切を済ませるまでの数日間、素直に私に従ってすこしも疑わなかった。けれども、私がその家に自身の姿を現わすまで、彼等が完全に私の存在を彼等の念頭からうしなっていたこともまた、まぎれのない事実であった。私たち「兄弟」にとって、十三カ月という期間はあまりにも短すぎた。不充分なものでしかなかった。その前に置かれた五年間の空白は、あまりにも長すぎた。そして、その責めは、もっぱら父と私とが負うべきものであった。父と私とのあいだに、私の生母というものがはさまっていたからであった。

父は、けっして努力家ではなかった。それに、欠点の多い男であった。短気で、癇癪もちで、誘惑と欲望に溺れやすい脆さと弱さをもっていた。が、彼はかならずしも怠け者ではなかった。どれほど貧窮の底に落ち込んでも、すこしもへこたれなかった。弱音というものを、吐くことがなかった。そして、その底から何度でもむっくりと首を擡《もた》げた。そのたびごとに、新しい計画にむかって遮二無二とびかかっていった。が、しかし、彼には運がなかった。徹底的に、運がなかった。彼は、神から見放された男であった。悲運な彼はいくど転んでもそのたびに起き直って、ようやく立ち上ったかと思うとまた躓いて、最後まで花を咲かせずにみずからの生命を断っていった。

神に見放された父は、人間の力に頼るよりほかはなかった。彼は、幾人かの良い友を持っていた。彼はその友の力にたよって、幾度か窮地から脱することを得た。が、その助力にも、おのずから限度のあることが当然であった。そして、どうにもならなくなったとき、父はかならず私の生母の救援をもとめた。父が私の母を訪ねるときは、いつも彼が最悪の状態にあるときであった。それだけ、私の母の負担も大きかったわけである。しかし、母はどんな場合にもそれに応じて、父が彼の妻と結婚したあともかわらなかった。父に対する母の援助は母の生命があるあいだつづけられて、その余恵ともいうべきものは彼女の死後にまで及んだ。失敗に次ぐ失敗の連続に終始した父の生涯は、同時に私の生母に対する経済的屈服の軌跡であったともみられる。

父の溺死体に五日おくれて、彼の妻の遺骸は久里浜刑務所裏の海底から引き揚げられたが、末弟の遺骸はついにその行方をうしなった。五七日忌の予定を七七日忌まで延期して、私たちが彼の学帽を彼の両親の遺骨とともに菩提寺の墓へおさめたのはそのためである。

「おう、おう、こんな立派な墓までこしらえてあったのか」

納骨に立ち会ってくれた父の学友の一人は、墓前の合掌を終って静かに面をあげると、そう言って二、三度ゆるく頭を左右に振ったが、実はその墓石も私の生母が彼女の存命中に、彼女のわかれた良人のために建てて置いたものであった。

私の名が父方の戸籍面から母方のそれに移されたのは十余年前であったが、父と母とが離別したのは、私の二歳の折であった。離別の直接の原因は、父が放蕩の金に詰まって勤務先の公金に手をつけたために、それが当時の赤新聞に暴露されたところから、母方の祖父が激怒して二人の仲を引き裂いたのだとのことである。が、その結果は、母自身にとっても不本意なものであったらしい。

「どうしても別れなくちゃならないこともなかったんだけれど、あたしたちが若すぎたんだね」

母は後年、私にむかってそんなふうに述懐したことがある。

十五で父に嫁いだ母は二十歳で父に生き別れて、その後はずっと独身を通した。離別の直接の原因は母の言葉通りであったかも知れぬが、間接には、彼女と父方の祖父母との折り合いがわるかったことも、小さからぬ原因の一つになっていたようである。母に去られた私は父方の祖父母によって育てられたが、祖父母はまだ物ごころもつかぬ私にむかって、母を犬畜生にも劣る奴、鬼のような奴だと信じ込ませようとして懸命になった。祖父母にとっては、自分の伜を捨てたばかりか、孫を置き去りにしていった嫁が真実そのように考えられたのだろう。が、まだ見ぬ母を慕うことすら知らなかった私は、どうやら母を憎むことをも知らなかったようである。

ひとたび傷いた父に、まともな勤務先が得られるわけはなかった。その当時、父は赤坂の丹後町に住んでわずかな給料を取って、祖父母には自宅で紙屋の店を開かせていたから、その暮しむきは当然、苦しいものでなければならなかった。すくなくともそれは早晩、なんとか打開の道をひらかねばならぬものであった。父がシナへ渡る決心をかためて祖父母を郷里の静岡へ送るいっぽう、私の養育を私の生母の手に託したのは、私が小学校へ入学する前年の秋であった。離別以来、私の両親が顔を合わせたのは、恐らくこのときが最初であったろう。父は東海道線の弁天島の旅館へ私を伴なって行くと、そこで私をはじめて母に引き合わせた。そして、父はこのときにも、彼の渡航費と新事業に要する資金の大部分を母に仰いだようであった。

私は弁天島で父にわかれると、母とともにふたたび帰京して、その翌春から電車に乗って芝の小学校へかよいはじめた。その学校は当時東京一のブルジョア学校だと評判されていて、その費用のかかる学校へ私を入学させたいと希望したのは父であった。貧家に生まれた父は、私をそういう学校へ入学させることによって、彼の過去になかったものを私のなかにもとめようとしたのだろう。女の細腕に、それは無理なことであった。母の負担は、そのためにもいっそう大きくなった。十九で私を産んだ母は、私がその学校に入った年わずかに二十六歳であった。

シナに渡った父は彼の志と違って、二年もせぬうちに尾羽打ち枯らした姿で悄然と内地に舞い戻った。彼がその友を頼って九州から新潟を迂回して帰京した後もなお、その姿を母の前に見せなかったのは、彼としてあまりにも面目のない思いが先に立ったからだろう。しかし、彼は突然ある日、私の前に現われた。私が学校から帰宅する途次を、物蔭に隠れて待ち伏せていたのであった。父の態度は、すでに日蔭者の暗さをもっていた。かたく口留めをされていた私は、母にかくれて幾度か父とそんな機会をもった。が、それは当然、母にも知れずにいなかった。

「逢わせないなんて、誰も言ってやしないじゃありませんか」

いちど父を責めてしまうと、母はさばさばとしていた。京都生まれの彼女は幼少の時分から東京に出ていて、その言葉に関西風の訛りはなかった。気性の上にも、ふかく東京風がしみついていた。いつまで一つことに拘泥していることは嫌いでもあったし、また、そういうことは出来ぬ性格でもあった。

父はそのころ、日本橋の小舟町河岸で友人の一人が経営する株式仲買店の二階に寄食していた。私は翌日の学用品をランドセルに詰めると、週に一回くらいの割でそういう父の許へ泊りに行って、翌朝はそこから芝の学校へ登校した。川には荷足船が何ばいも入っていて、天井の低いその土蔵造りの家の鉄格子がはまった二階の窓からは、荷揚人足がひょいひょいと板子を渡っている姿が眺められた。

友人は、株屋というよりも千三ツ屋であった。父は店がしまって夜になると、店の若い者たちを相手にそこの二階で花札を引いた。父は胡坐の左膝を立てると、右膝をせわしなく小刻みにふるわせながら、果てしなく勝負を闘かわした。翌朝私が眼をさますと、まだその勝負を続けていることすらあった。が、父は私が眼をさますと勝負を切り上げて、食通のあいだでは名を知られていた室町通りの丸花という一膳飯屋へ連れて行って、はんぺんの味噌汁で朝食をとらせてくれた。そして、私の乗る電車が来ると、きまって別れぎわに、

「またおいで」

と念を押すことを忘れなかった。父はいつまでも停留所に立ちつくして、私を見送っていてくれた。

「ほら、また貧乏ゆすりをしている」

父の小刻みに右膝をふるわせる癖は、たちまち私にも感染した。母はそれを発見するたびにいやがって、なんとかその癖を直させようとした。私のその癖はいくばくもなく矯正されたが、父の癖は最後までのこされた。あの哀しい動作は、父の一生につきまとってはなれぬ宿命の象徴ですらあったかもしれない。

父がまもなく大阪へ移って行ったのは、小舟町の友人の店がつぶれたか、つぶれぬまでも見切りをつけねばならぬものだったからに相違あるまい。実際その店は、子供の私の眼にすら怪しげな存在としか映じなかった。したがって、父が大阪へ移って行ったことはたしかに賢明な策であった。が、悲運な彼は、そこでもまた一つの躓きをかさねた。勤務先の詐欺事件に連累

して、彼は未決監に投ぜられてしまった。母は父の釈放を知ると東京から仕立卸しの着物を持っていって、彼を有馬温泉に静養させた。

私と私の両親との対置関係はおおむねそんなものであったが、父の手から母の許に引き取られた私は、しかし、母の膝下にもほとんど置かれたことがなかった。そして、私は少年時代の大半を間借り人として、他人の家の二階から二階へと移り暮した。そんな私の生活費のすべてが母によって全面的に支えられていたことは言うまでもなかったが、それは私のかよっていた学校が、母の家からの通学を許さなかったためであった。私の住んだある家の階下は経師屋で、別の家の階下は八百屋であったり、さらに靴職人の住居であった。

私がその学校の四年生になった新学期に、その学校は新任の校長を迎えた。その学校では毎週一時間ずつ全校の生徒が講堂に集められて、校長の訓話を聞かされることになっていた。新任の校長はその機会に、ある外人飛行士の話をした。まだ飛行機というものが珍しかった時代のことで、スミスとかナイルスとかいう外人飛行士が「宙返り」という「曲芸」を見せるために、はるばる日本までやって来るような時代であった。校長はそういう外国からの賓客を歓迎するために、飛行場へある種のいかがわしい職業の女性に花束などを持って行かせることは、甚だしい国辱だというような話をしたのであった。

紳士国のイギリスから帰朝したばかりのジェントルマンであったその校長は、もちろん、ある種のいかがわしい職業の女性について漠然とした表現をとった。それはあくまでも一種の暗示にとどめられたから、私のその当時の同級生は、すでにそのような事実があったことすら忘れ去ってしまっているだろう。それが、当然なのである。が、しかし、私だけはそれを忘れ捨てることができない。私だけは、ほとんどその場に居たたまれぬ思いに責められたのであった。私の母もまた、校長から国辱的存在だと罵られた、ある種のいかがわしい職業にたずさわる人間にほかならなかったからである。東京の山の手の芸者であった私の生母は、馴染み客の大学生であった父と結婚生活に入って、離別をした後にふたたび元の世界へ戻っていた。私は、その母の手によって育てられていたのであった。

父の妻がはじめて私の眼前に現われたのは、関東大震災の年の冬のはじめである。父は丸ビルの八階にいて、あの地震に遭遇した。そこで父の友人がきわめて小規模な一種の百貨店に似たものを経営していて、父はその友人の片腕となっていたのであった。ビルディングの八階で受けた、あの震動は大きかった。棚に陳列されていた商品は、ことごとく床に投げ落されて、罐詰の類はその形を失うほど押し潰された。しかし、父はさいわいその下敷きにもならなかったばかりか、擦過傷ひとつ受けなかった。そして、皮肉なことには、それまで営業の不振になやんでいたその店は、それを機に一つの躍進を遂げることになった。その当時、丸ビルの隣接地には内外ビルディングという建築物が竣工の途上にあった。その建築中のビルディングは震災で一挙に崩壊して、瓦礫が取り除かれた跡に一つの空地が生じた。父と友人とはその空地に木造のバラックを急造して、そこで店の陳列棚から落下して押し潰された罐詰類を売り捌くと、それに前後して食券式の食堂を開設した。これが、トントン拍子で好調の波に乗った。

父を知るかぎりの人びとは、私にむかってしばしば父の頭脳の明晰であることを告げた。事業に対する父の手腕が、非凡であることを語った。それも、私が父の息子であることを意識した上での褒辞《ほうじ》というものであったかもしれぬ。が、しかし、それがまんざらの空世辞ばかりでもないことを、私はそのたびに本能で嗅ぎ取った。それは父に対する一つの定評ともいうべきものであって、父は晩年に至るまでよくその讃辞を持ちつづけた。その父の才腕がもっとも存分に発揮されたのは、この丸の内の食堂時代であった。そのころの院線——現在の国電で学校へかよっていた私は、しばしば学校からの帰途を東京駅で下車してこの食堂に立ち寄った。そして、私はそこの会計の席についている父の満足気な顔を見た。

それは私が小学校を卒業する前年のことであったが、父は私に眼のさめるような青い徳利セーターを買ってくれた。そして、その翌年の正月には、私を塩原温泉へ連れて行ってくれた。この温泉行は食堂という商売の性質上、まったく休日というものを持たなかった父がようやく得た休暇を利用したもので、上野駅で父と待ち合わせをした私は、父とならんでそこに立っていた高島田の若い女性の姿を見て、息の詰まるほどはげしく胸を衝かれた。私が十四歳を迎えたばかりの正月であったから、私とは六つ違いのその女性は、そのときまだ数え年で二十歳にしかなっていなかったわけである。その女性は赤坂の魚屋の娘で、父の食堂でおでんと茶めしの売場にいた女性で、私とはかねてからの顔馴染みであった。が、その女性がそんなときそんな場所に現われるということは、その瞬間まで、私にとってまったく思いも寄らぬことであった。その女性が、のちに父と最期をともにすることになった父の二度目の妻であった。

私がふたたび父とともに暮すようになったのは、それから半歳を出ぬうちのことである。それは食堂経営が軌道に乗って、父の生活が向上していたところから出た話であった。しかし、父の「全盛」は、その折にも泡沫の如くにして消え去った。そして、実際に私が父の許へ移って行ったときには、すでに父の暮しむきはまた以前に戻っていた。父は焼け残った赤坂の一ッ木通りにある陶器商のジメジメした路地奥に新しい妻と一家を構えていて、そこで犬印安産器というものの通信販売をしていたが、それはスポーツ用のエキスパンダに似た子供だましのような器具にすぎぬものであったから、その反響も二千通の郵書に対して、一、二件ぐらいのものでしかなかったらしい。

一ッ木の生活はいくばくもなく切り上げられて、父は駒沢に居を移した。おなじ駒沢の中でも、次つぎに三ヵ所ほど転居して歩いた。後年、父はふっつりと酒を断ってしまったが、そのころの父は毎晩のように茶碗酒をあおって、酔うとひどいクダをまいた。その声は、襖一重の隣室にいる私の耳を蔽わせるものがあった。私はそんな父がいやでならぬと同時に、哀れでならなかった。明晰な頭脳と事業に対する才腕を所持しながら、みずから朽ち果ててゆく父という人間の哀れさ悲しさは、暗く私の胸にまで沈んで来て重たく澱《よど》んだ。深夜になって隣室からもれて来る父の声にふと眼をさまされることがあると、私は父と一緒になって「ああぁッ」と

大声で叫びたいような衝動にかられた。その当時の父には、三日も徹夜で茶碗酒をあおってい
るようなことがあった。
「叩けば埃が出る」というのと、「馬に喰わせるほどある」という二つの低俗きわまることば
が、その当時の父の口癖であった。父が執拗にその言葉を繰り返したことから考えても、私に
はなにか納得のいく気がする。そのころの父には、叩かなくても埃の出るような何事かがあっ
たのだろう。すべてを売り尽してしまってガランとしたその家の中には、馬に喰わせるような
何物もありはしなかった。父は、母が私のためにわざわざ大阪の人形問屋から注文して取り寄
せた一と揃いの高価な五月人形まで二束三文で売り飛ばして、それを飲んでしまった。父の生
活は、またしても窮迫の底に突き落されていた。そして、私はほどなく母の手に引き戻されて、
幾度目かの間借り暮しに還った。それ以後、私が父と暮したことはない。
父はやがて都落ちをして、妻とともに郷里の静岡へ行っていた。郷里といっても、もはやそ
の土地に父の生家も身内も残ってはいなかったから、父は当然借家暮しをしていたはずなのだ
が、そこで何をしていたのか、私はまったく知らない。父の妻が総領息子を懐妊したのはその
静岡でのことで、父がその妻を彼の正妻として入籍したのは、夫婦がそれから間もなく上京し
て総領を分娩した前後のことであった。そして、それにつづく数年間は駒沢時代にもまさる、
父の生涯でも最もひどい落魄の時代だったようである。二番目の子供が生まれると、父は負い
紐で下の子供を背中に結びつけ、上の子供の手を曳いて私の生母のもとを訪れた。母はその父

を見て、呶鳴《どな》りつけた。

「そんな恰好を私の伜に見せないで頂戴」

私が幼児であったころ、父はただの一度でもそんな姿をして外を歩いたことがあるか、そんな愛し方を示したことのない伜の前にそんな姿を見せては、伜の私が可哀そうだと言った。そして、その父に母はなにがしかの金を渡して帰した。私の母とは、そういう気性の女であった。どんなときに別れた元の良人が凭りかかって来ても、なんとかしてかばわずにはいられぬ女であった。気丈なしっかり者だと言われていた母は、一生父のためにつくして、なおかつ怨むことを知らなかった哀れな女であった。

父はひょっとすると、母にとって初めての男ではなかったのか。——私はこのごろになっても、時折そんなふうに考えることがある。むろん、それは私の感傷にすぎまい。母はもっとよごれた女だったはずなのだ。事実はそうであっても、しかし、いっこう私には差支えない。が、そんなふうにでも考えなければ、ちょっとほかに解釈の仕方がないほど、父に対する母の献身には異常なものがあった。十五歳で父に嫁いだ母は、もとより吹けば飛ぶような山の手の芸者であったに相違ないのだが、大学生といっても苦学生同然な貧乏書生の父に、母を身請けするだけの資力などあるわけがなかった。母方の祖父母はおなじ土地で待合をしていて、前借なしで芸者に出ていた母は、その両親の許しを得てみずからすすんで父の許に嫁いだ。私の想像が誤まりであるにせよ、この事実の中からは、なにかしら私の両親の不思議な結びつきの秘密が引き出せそうに思われる。

私の最初の著書が出版されたのは、昭和十五年の夏であった。その四百枚ほどの長篇小説は三カ月にわたって雑誌に分載されたのち一冊にまとめられたものであったが、父はそのような場所からはるかに遠い所にいる人間であった。父はやがてその作品が単行本となって新聞広告が掲載されたことによって、自分の伜がどんなものを書く人間になったかと、ふとした興味に惹かれた。作品に対する興味より、それを書いた私という人間に寄せる好奇心のほうが遙かに立ち勝っていたことは疑うべくもない。父は、市販の一冊を購入した。そして、立腹した。父と私との確執が最初に表面化したのはこのときのことで、五年間という最も長期にわたった戦後の絶交は、その最後のものであった。

「あんなことを書かれちゃ、女房にみっともなくて仕様がない」

勢い込んで母のもとに乗り込んだ父は、その責任が母にあるかのように言ったのだそうである。私はその作品に、父と母のことを書いた。そこでは父は確かに、哀れでみじめな存在になっていた。父を刺激したものの正体は、恐らくそれであったろう。私はその作品を関東大震災の前年でむすんだから、もちろん、そこに父の妻が登場して来るはずなどはなかった。しかし、その作品の背景になっている年代は、私の誕生以前の事実が大部分を占めていた。私が産み落されてからのちのことにしても、私が自身の知識としてほとんど所持しているはずのない部分が大半を占めていた。したがって、私がそれらの事実を知るためには、誰かの助力がなければならぬわけであった。父は、母が私にそれを書かせたのだと考えたのである。が、私がその作品の執筆に当って、唯の一ヵ所でも母に問いただしたという事実はまったくなかった。私は折にふれ見聞きしていたことを土台として、その知識を作品に再組成したまでのことなのである。したがって、あるいは事実そのままを書いたとは言い難いものが、その作品の中にも若干は含まれていたことだろう。しかし、私は故意に事実を枉《ま》げたつもりはなかった。父を必要以上にみじめな男として描き上げたつもりもなかった。その意味では、むしろあらゆる善意と努力にもかかわらず、悲運な父はいつもそれに報われるところなく、ますます暗い運命の底に引きずり込まれ、突き落されていく。——私は父の上に、そういう一個の人間の哀しさを表出しようとして、努力の一切をそこに傾けたつもりであった。私の力が及ばなかったことは別としても、そういう私の誠意だけは父にも通じるだろうと考えていた。すくなくとも、父が母の許へ押し掛けて来て、「女房にみっともなくて仕様がない」などという言葉を聞かされるなどとは想像もしていなかった。そういう事態が招かれることを予測しなかった私も迂闊であったかもしれないが、そういう父だということを忘れていたことも迂闊であった。

「親父って、そういう奴なんだ」

はじめて自身の迂闊さに気づいた私は、憤りに全身をふるわせた。

「お母さんがいつまで構いつけて置くもんだから、親父はますます増長するんだ」

私はそんなふうにも言ったが、そういう心の奥底では、なお父を存分に憎み切ることのできぬ自身に歯痒ゆさを感じていた。そんな目に遭ってまで、父を振り切ってしまうことのできぬ母の心理が理解しがたかった。

父夫婦のあいだに三番目の子供が生まれたとき、母がその子供のためにオムツを心配してやったことをも私は忘れない。私が母に我慢のならぬものを感じるのは、そんなときのことであった。自分の力などではどうにも救い得ぬものもこの世にはあるのだということに、母がまったく気づいていないことに対するもどかしさからであった。そして、その憤りにもえるとき、私はいつでもその憤りが父の胸にむかってはね返っていくのを感じた。父の恥知らずが、どうにも情なくなってきた。

父と私との絶交状態は、その後も小刻みに何度となく反復された。それは私が結婚してから後のことであったが、父はあるとき、印刷所を世話してくれと言って私を訪ねて来た。父は自身の内職の一つとして、かなり久しい以前から年刊の「銀行職員録」というものを独力で編纂発行していた。その取材の地域は京浜地区に限られていて、発行部数もきわめて僅かなものでしかなかったが、確実な販路をつかんでいたために父の大切な財源の一つになっていた。父がその印刷所を世話しろと言って来たのは、私がまがりなりにも文筆生活に入る以前、二、三の雑誌社や出版社に籍を置いていたことがあるので、当然その種の知人を持っていると考えたからであった。しかし、その当時の私は、すでにそうした連絡から断たれていた。文筆生活といっても直接にはそういう機構との接触がないのだという、私達にとっては最も初歩的な常識を

父に納得させることには、意外な困難が伴なった。そして、父は私の説明がまだ半分も進まぬうちに、

「そんならもう頼まないッ」

と荒々しく言い放って立ち上った。その跫音《あしおと》を聞きつけて駭いた家内が玄関へ追って行くと、父は、

「こんな家へはもう来てやらないぞ」

と捨て台詞を残して立ち去って行ってしまった。母が終戦の年の空襲中に狭心症で急逝した折にも、私はなんとも名状のしがたい不快さを父から味わされた。そのとき海軍に応召中であった私は僅かな休暇を得て帰宅していたのであったが、父は母の遺骸が棺に移されてしまうと、その母が最後に寝ていた夜具をくれと言ったのである。母が生命あるあいだ、何かにつけて無心しつづけていた父が、母の最後に寝ていた蒲団まで取り上げようとするのを見て、私はなにもいう言葉を持ち合わせなかった。そして、これでもう父と自分とのつながりも最後になるのかと思いながら、私は軍隊へ戻って行った。切れぎれに父と私とをつないでいた糸は、何度か母の手によって結び合わされていたようなものだったからである。

しかし、思いがけなくも敗戦後に至って、こんどは私のほうから父に頭を下げて行かねばならぬ事態が生じた。軍隊で母の急死を知ったとき、私は横須賀海軍病院の分院である湯河原の病舎にいた。そのとき負った強度の栄養失調症と、それに伴なう副次的な疾病のために私は復

員後八年も苦しめられたが、応召前に住んでいた私の家は強制疎開を受けて、やむなく転出した南埼玉の田舎町などにいつまでくすぶっていたのでは、みずからに流刑を課しているのも同然であった。私はなんとしてでも東京に戻らねばならなかった。そこで強引に以前の疎開址へ小さな家を建てようと心を決めて、私は有り金を掻き集めて、ヤミ米を大工のもとに運んだ。そして、兎にも角にも家らしい形がついたところで東京へ乗り込んだ。しかし、私はたちまち金に詰まった。好意ある友人の一人は彼の高価な写真機を売り飛ばしてその半金を役立ててくれて、他の一人の友人はそのころ大変な貴重品であった繊維製品を売り払った金を私に届けてくれた。その壁も天井もない家の中で私は腹這いになって原稿を書くと、むくんだ脚をひきずって焼跡の雑誌社へ持ち歩いた。私が病死したという噂が私の友人間に飛んだのも、そのころのことであった。しかし、そんなふうにして得る原稿料も封鎖と称せられるもので、それを大工の要求する現金に引き換える段になれば闇金融によるよりほかはなくて、二割乃至三割ずつピンハネされねばならなかった。そんな血のにじむような金をこしらえ続けていたとき、ともすれば私の頭の中にうかんで来たのは、かねて私の手許から父に用立てたことのある五千円という金のことであった。

父は戦時中、その金を資本にして出張調理の会社を設立した。それは軍需工場の食堂へ栄養士と調理人とを派出して、工員の食事を請負うという着想のもので、父は一時、それによって相当の業績をあげた。もちろんその事業もまた終戦と同時に閉鎖となって、父には苦境が来ていたようであった。しかし、彼の家は戦禍を受けなかった。――あの金があったらという考えがひょいと自分の頭を掠めて過ぎることがあるとき、いや、それだけはよそう、よすべきだと私はなんど自身を抑えつけたかしれない。しかし、大工は毎日来ていた。そして、今日は羽目板を買います、今日は天井板を買いますと言われて、私はせっぱ詰まった。そういう私の苦境を見て家内が自分から父の所へ行って来ると言い出したのは、家内もまた私が出向いて行って父とのあいだに衝突が生じる場合をおそれたからであった。しかもその結果が、父と私とのあいだに五年間の絶交をもたらすことになってしまったのである。家内が父の前にどれほどおずおずとその話を切り出したか、私にはその場の光景を容易に想像することができる。それに対して父は、

「貸した金を返せっていうのか」

と威丈高になって呶鳴り散らしたというのであった。私は戻って来た家内の眼に涙のたまっているのを認めて、

「いいよ」

と言った。

そのほかに、私はどんな言葉が言えただろう。家内は着物を売って、私は辞書類のほか金目になりそうな蔵書をほとんど残らず売った。私の家の箪笥と本棚は、めっきり淋しくなった。

そして、父と私とのあいだには往来が絶え、交渉が切れて五年間が過ぎた。むろんその間にも、

家内は私にむかって何度か父のもとを訪問させてくれと言った。私はそれに対して、徹底的な沈黙を守りつづけた。その沈黙が、私に隠れてひそかに父を訪問しようと考える家内の意志を、そのつど打ち砕いた。

五年間の絶交状態を破って、ふたたび父と私とのあいだに交渉のいとぐちを開いたのは父の妻である。突如として私を訪ねて来た妻は言った。

「いろいろお気持の悪いこともあるでしょうが、お父さんもこのごろは気が折れて、毎日あなたがどうしているだろうって言い暮しているもんですから」

私はかつてその妻に一度として悪感情をいだいたことはなかったが、その言葉を聞いて、これはくさいぞと思った。父が、そんなことを言うわけはない。老い込んだ父の姿を見て、今のうちに父と私とを和解させて置かねばならないと、この妻が勝手に自分から発意したのではないか。私はそんなふうに疑ったが、その私の想いは同時にまた、物蔭にかくれて私の学校の帰途を待ち伏せていた、遠い少年の日の父の記憶にかさなっていた。

「お蔭さまでね、お父さんもこのごろはちょっといいんですよ」

微笑した妻は、悪くない服装をしていた。そして、彼女はいよいよ辞去の挨拶をすませたあとになってから、私の家内にむかって白い小さな紙包みを差し出した。その半紙に包まれたものの内容が、金であることは明らかであった。家内は、それを辞退した。私も、黙っていられるはずがなかった。そして、私は、その金包みを妻が持参したナイロンの手提袋の中へ押し戻

すようなことまでした。しかし、その私が自分から家内にむかって、
「じゃ、折角だから頂いときなさい」
と折れて出てしまったのは、それが妻の手から出たものではなくて、父の意志によるものだと考えたからであった。私はサンダルを突っ掛けて、バスに乗る妻を停留所まで送って行った。

私が父の家を訪ねて行ったのは、それから三日ばかりのちのことである。そして、私は十三カ月たらずのあいだに、父と一泊旅行に出る機会を二度もった。それは二度とも父の会社の慰安旅行であったが、そのたびに父の五人の家族と私の一人息子も賑やかに同行した。その二度の小旅行をふくめてもなお、私が父と顔を合わせた機会は十二、三回を出ることがなかっただろう。

無口な父は、以前よりさらに寡黙になっていた。私が部屋へ入って行ったのを知っても、おッというような表情でコクリと一つ頷いて見せるだけであった。私が父と交えた言葉の数は、彼の妻と私とのあいだに取り交わされた言葉数にくらべるとき、恐らくその五分の一にも相当せぬものであった。妻は私たちのところへ茶菓子を運んで来るとそのまま坐り込んでしまって、父の健康が少しも衰えていないことを告げた。そういう父にも何時まで働いて貰えるとは考えられないので、四人の子供をかかえた自分の将来は心細いものだという意味のことを、くどくどと私にうったえた。父を眼の前に置いて、うったえた。しかし、そういう場合にも、父は他

人の話を聞いているときのように無関心な顔で、しきりと例の貧乏ゆすりをつづけていた。父の顔には、深い皺がきざまれていた。父はたしかに恵まれた健康を保持していたが、彼はすでに老人であった。

元日に私が年頭の挨拶に出向いたとき、父は末弟を伴なって付近の映画館に出かけてしまっていた。ほんの一足違いだということであった。それゆえ、私としては十月半ばに会ったのが父との最後になった。その日、私は自分の息子を連れて神宮の外苑へ六大学野球を見に行った帰途、父の家にまわったのであったが、彼の机の上には伝票の類が山と積まれてあった。父は、その山を顎で示した。

「こんなにたまってるんだけれど、手をつける気がしないんだ」

そういう弱気な言葉を私が父から聞くのは、それがはじめてであった。

「駄目じゃないの」

と私は言った。そして、ちょうどそのころ流行の頂点にあった脳下垂体前葉の埋没を執拗にすすめた。私はかねてその名を聞いていた医師の住所を知るために、父の前で電話帳を繰った。妻が茶を持って来ると、妻からも父にすすめてくれるように口をつくした。それでもまだ足らぬと考えた私は、帰宅後さらに手紙を書いて、是非それを実行するようにかさねて父に言い送った。父は、まもなくそれを試みたようである。頑固者の父が、意外にも私の言を容れたのであった。しかし、それは私の期待したような効果を彼にもたらさなかった。いや、そんなことではすでにもうどうにもならぬ事態が父の周囲を十重二十重に取り巻いて、父をがんじがらめにかけていた。

二月の二十六日は、敗戦の年に狭心症で斃《たお》れた私の生母の命日であった。私はその墓参に出るつもりで、前日から自分の息子と打ち合わせがしてあった。息子は二時か、遅くも二時半には学校から帰宅すると言って家を出ていた。夜のおそい私はその日もようやく午ごろになって床を離れたが、まだ食事は摂っていなかった。そこへ、父から郵書が配達された。午後の一時を、すこし過ぎていた。それを私に手渡した家内は、

「なんですか、すぐ開けてごらんなさい」

と言い残して、食事の支度をつづけるために部屋を出て行った。

褐色のハトロンの封筒も、良質の洋紙に青い罫の入った便箋も、それはともに父の会社名が印刷されたもので、流れるように達筆な父の筆蹟も、インクの色も、すべてが私には見なれたものばかりであった。それが、父の遺書であった。

「自分の方針の誤りから会社経営が何うにも成立たない破目に陥入りました。全責任者として自決の外生きる途がないので断行します。妻も行を共にすると言うて聞きませんからつれて行きます。末弟の事は色々苦慮しましたが、之れもあとの兄弟の手足纏いとなりますから道連れと致します」そして、その後に残りの三人の男子の名が書いてあって、「三人を残すのは誠に心残りですが、さりとて連れ行くわけにも行きませんから残します。行く末相談相手になって

やって下さい」というのがその遺書の全文であった。いや、その後に「昭和、年、月、日」という印刷の文字があって、その活字の間に「28、2、19、認む」という文字が父の手で書き入れてあったことを、私は父の家に行き着いて、それを総領に見せるまでの間すこしも気づかずにいたのであった。私は母の墓参を中止して、息子の帰宅を待たずに家を出た。

「弟」達に宛てて妻からの速達が父の家に配達されたのは、その朝の八時ごろだったそうである。文面は、簞笥の上にある最中の箱を開けて見て下さいというだけの簡単なもので、その木箱のなかに、遺族と会社の重役の一人に宛てた夫婦の遺書が入れられてあった。その日も父の会社の機構が平常通りに運行されていたのは、遺書によって後事を託された重役の指示に従って、社員たちにはまだ父の失踪が発表されていなかったからだとのことであった。重役にしてみれば、自分の対策が確立しないうちに社員が動揺して浮足立って、債権者が殺到して収拾がつかなくなる場合を恐れたからであったろう。

私は、そういう会社の二階の一室で総領に会った。二十四歳の総領は机の上に帳簿を積み上げて、今にも泣き出しそうな顔をしていた。彼の丸い小鼻の脇には脂汗がたまって、ギタギタと光っていた。私が自分宛の遺書を総領に示して、それが十九日に認められたものだということを発見したのは、そのときのことである。総領もその朝遺書を見てから二人の弟といろいろに詮索をかさねた結果、父たちの出奔がほぼ二十日ごろに決意されたものであろうという結論には一応達していたようであった。しかし、彼もまた父がそんなに早くから遺書を認めてあったことには駭いたようである。そして、そこから、総領は十九日に遺書を認めた父が二十五日まで出奔を引き延ばしたのは、その日が会社の給料日に当っていたからだという断定を引き出した。父が家を出たのはその前日——二十五日の夕刻まぢかになってからであったが、午前中には彼自身登記所におもむいて会社の解散手続を執って、午後には全社員に給料の支払いが済ませてあったということである。

「親父は給料を払わずに逃げ出して、会社の整理がつかないうちに僕等が社員から見捨てられたら可哀そうだと思ったんですね」

と総領は言った。そういう彼の解釈の仕方は、父の死の延期が自分等三兄弟だけのためのものであるかのようにも聞えぬことはなかった。が、私には格別の異見があるわけでもなかったので黙っていた。

父はその生涯を通じて幾度となく不始末を重ねたのにもかかわらず、ふしぎに責任感の強い男であった。彼が厄介をかけた多くの友人知己から最後まで見放されることがなかったのも、そういう彼の性格が認められていたからなのだろう。

会社はほとんど父の個人経営に近い形をとっていて、父が負った負債の額は四千五百万円ほどのものであった。そのうち清算できる額はせいぜい一千万円にも足らぬものだろうというのが総領の推定で、そのくらいの借財では死なねばならぬことはないのだというのが、後事を託された重役の意見であった。四千五百万という金額が個人の負債としては巨額であっても、事業上の借財としては取り立てて言うほどのものではあるまいということなら、私にも常識として納得できた。それならば、父はなぜみずから死の途をえらばねばならなかったのだろうか。むかし者の父には戦後風の数えかたでは六十六歳であったが、数え年では既に六十八歳であった。の父には古い数えかたのほうにより親しみがあって、その数えかたからすれば、もう二年先に七十歳を控えているという思いが強かった。そして、父には自分の最後の事業も失敗におわったと知ったとき、ああまたか、という思いがなによりも真っ先に来た。それが、父を死に追い詰める最大の原因となったのだろう。

私はそういう自身の考えを総領にむかっては語らなかったが、総領の話を聞いていた私は、その部屋の一枚だけ破れたガラス戸のむこうに見える濁った空の色をぼんやり眼のなかに入れていた。そして、総領のなかにある父と、この自分のなかにある父とがまったく異質のものではないのだろうかというような思いを追っていた。それは総領と私とのなかをながれている血液の相違によるものではなくて、総領と私との違った過去のせいだと考えられた。私は総領と自身とのどちらが幸福で、どちらが不幸だったとも考えはしなかったが、兎にも角にも、総領がたどらぬ道を私は歩いた。私には、そういう思いが強かった。

私は自分の家を出るとき、なにかしら新しい事態が生じれば、そのときにはかならず連絡を取るようにするから、気をもんではいけないと家内に言い置いてあった。が、家内はやはりその夜の七時ごろになると、父の家に行っていた私を訪ねて来た。しかし、その時刻にはまだ何処からもニュウスが入っていなかったので、私はせっかく訪ねて来ても無駄足になってしまった家内を国電の駅まで送って行った。そして、そこの高架線の近くに見付けたミルクホールのような店に入ってココアを注文した。そのココアは、生ぬるかった。

「親父はまだ生きてるぜ」

私がカップから口を放して言うと、家内は、

「えッ」

というように顔を上げて私を見た。が、そう言い切ってしまってからドキリとしたのは、かえって私自身のほうであった。私と家内とが此処でこうしてココアを啜っているいま、父はまだ何処かで確実に生きている。その思いはそのとき、私のなかで鮮かな確信となっていたのであったが、生きていることは確実であっても、それは非常に遠い何処かだというふうにしか私には考えられなかった。

「生きてるんだけれどなア」

と私はもどかしい思いで言った。卓の上に置いた右手の爪先で、小刻みにカチカチとその板を叩いた。私はなにかじっとしてはいられぬ思いであった。そして、私はまた同時に、自身の耳のなかでフュウ、フュウッという湿った風の声が、渦を巻くように鳴り止んではまた鳴り騒ぐのを感じていた。それもあるいは、二月末の寒い戸外から俄かにストーブの燃えている店内へ入って入ったために、私自身の耳鳴りが聞えていたのであったかもしれぬ。しかし、フュウ、

フュウッという陰湿な風の声は、やはり私の肉体の外部から伝わって来るものであって、それは海の上を渡って来る風の声のようでもあったし、荒涼とした曠野を渡って来る風の騒ぎのようでもあった。

「落着かないから帰るよ」

そう言いながらも、私には父の家に戻って行くことが躊躇された。一刻も早く引き返して行って父のニュウスを知りたいという気持の反面には、それを一瞬でも先に伸ばしたいという思いがひそんでいた。そして、私は国電の駅まで行くと、切符を自分で買ってやって家内とは別れた。後になってからわかったことだが、父の入水した時刻はその直後だったらしいのである。

月島のT汽船の本社から電話があったのは、その夜の十時ごろであった。父たちは一たん大島へ渡って、帰航の途次にあったK丸の船上から投身をしたことが、それによって判明した。九時十分に月島へ投錨したK丸の一等船室に三人の遺留品が残されていて、そのなかに父の友人である計理士の名刺があったところから、その人に問い合わせてこちらの氏名と電話番号を突き止めることができたのだそうである。

今後も会社の整理に力になってもらわねばならぬ人だというので、総領と私とは例の重役の家に立ち寄ったために遅くなって、三人が月島へ着いたのは十一時を過ぎていた。外套を着たまま投身したのは末弟だけで、父と彼の妻とは貴重品を残らず身体からはずして、それがきちんと三個の包みにまとめてあった。それらは先刻電話口に出た旅客課の係員だという人の机の上に置かれてあって、ビニールの風呂敷包みの上には二つに折られた塵紙の束が載っていた。そして、その塵紙にボールペンの走り書きで、「ボーイさん、いろいろお世話になりました、ごめいわくかけてすみません」という妻の手で書かれた文字が読み取られた。

私たちが船室付きのボーイに会うことができなかったのは、九時十分に入港したK丸がすでに出航してしまった後だったからである。父たちは八時すこし前まで、船室でそのボーイを相手に話をしていたのだそうであった。汽船会社が三人の投身した時刻を八時見当と推定したのもそのためで、いずれにしろ船が東京湾内に入ってからだということには間違いがない様子であった。それにしても、午後の二時に大島の元村港を出帆した船が湾内に入って、月島の岸壁へ横付けになる時刻を一時間の目前に置くまで父たちが彼等の目的を決行しなかったのは、そのボーイが船室にいたからではなくて、末弟が眠りに入るのを待ったからではなかったのだろうか。その末弟を眠らせるために使用したものかどうか、遺留品のなかには催眠剤のブロムワレリル尿素錠の容器が二個あって、円筒形の一〇〇錠入の罐からは八錠、三〇錠入の長方形の罐からは六錠がそれぞれ減量されていた。父と妻とがなんらかの目的をもって服用したにしては、残量が多すぎた。T汽船を出た私たちは、勝鬨橋《かちどきばし》の袂まで歩いてようやくタクシーをひろった。

父の溺死体が三浦三崎近傍の海上で発見されたのは翌二十七日の午後一時であったが、所轄署を通じて自宅に照会があったのはその夜に入ってからのことである。三崎署から東京の本庁へは無電で連絡されて、本庁から所轄署への問い合わせも迅速におこなわれたのに、現場から三崎署への照会が遅れたために思わぬ時間が費消されたらしい様子であった。総領と私が所轄署へ出頭するとすぐ三崎署へ電話が通じられて、容貌、着衣などから察してほとんど父に誤まりはないと信じられた。しかし、その時刻からでは、すでに交通機関を利用することが不可能であった。

遺体の引き取りには総領も同行したいと言ったが、彼には早くもその緒についた会社の清算事務が山積していた。翌朝、品川発の始発電車で私が二番目の「弟」と二人だけで三崎へ出向いて行ったのは、総領と私が揃って出てしまったあとで、いつまた妻か末弟の遺骸が何処で発見されるともわからぬそのときの状態だったからでもあった。

冬の夜明けは遅く、未明の寒さはきびしかった。横須賀線の車輛には一人の同乗客もなくて、その電車の進行方向にむかって右側の窓外に、レモン色の大きな月が浮かんでいた。私たちはその車中で夜明けを迎え、朝を迎えた。バスで三崎の町に着いたのは、午前七時であった。

捜査主任だという警官は宿直から眼ざめたばかりのところだったらしく、ワイシャツ一つの姿で炭火を山盛りに入れた箱火鉢のふちに両脚を載せながら、私たちを迎えてくれた。そして、すぐ奥へ入って行くと、八枚のネガフィルムと父の着衣から切り取ったのだという数枚の繊維製品の断片を取り出して来て、それを一つ一つ机の上に置きならべながら私たちに鑑定させた。紺色の服地には、私も見おぼえがあった。下着の類は「弟」が見て確認した。フィルムも父に間違いはなくて、警官は焼き付けて来ましょうかと言ったが、私はその必要を認めなかった。海岸通りにある警察署の内部には潮の香が漂っていて、漁船の発動機の音がのどかにきこえてきた。

それから私たちは、さらに二名の警官によって調書を取られた。私たちの陳述を警官が書き取るためにひどく時間がかかって、中型のジープに乗せられた私たちがそこを出たのは、すでに十時を過ぎていた。ジープには、運転の警官のほかにも、もう一人の警官が同乗した。三崎から父の屍体が発見された南下浦町上宮田という集落までは、一里余の距離であった。

よく晴れた日で遠くに富士がくっきりとその姿を見せていて、三浦半島はすでに春であった。ジープは麦畠や竹藪のあいだを走り、妻を後ろに乗せた農夫のリヤカアを追い越して上宮田の集落に入ると、その土地の駐在巡査を途中で一人乗せた。集落の梅は五分咲きというところで、私の案内された寺の砂地にもその梅は咲いていたが、いっぱいの陽射を跳ね返しているその花のカッとした白さは、昨夜「弟」たちを寝かせて、蠟燭の灯をたやさぬために一睡もしなかった寝不足の私の眼に痛いほど強烈に突き刺さった。

寺には町長と助役だという初老の男性と、町会議員と役場の書記だという二人の婦人が私たちを待ち受けていた。昨夜はその人たちが通夜をしてくれたということであった。私はその寺の入口に黄変してしまった白いセーターを着た男がぽそッと一人で立っているのに気がついて頭を下げたが、駐在巡査から、その人が父を海から引き揚げてくれた漁夫だと教えられた。そして、その漁夫は、のちに火葬場まで随いて来てくれた。

現在では三浦海岸という海水浴場として栄えている上宮田という集落は、そのころまだ寒村といってもいいような土地であった。葬儀屋もないために昨夜は大騒ぎをして造ったのだということで、有り合わせの木材を寄せ集めて打ちつけたらしいその粗製な寝棺は、すこし高い台の上に載せて本堂に安置されてあった。私と「弟」が棺をはさんで両側に立つと、先刻の漁夫がその蓋を取り除いてくれた。同時に、プンと磯臭い臭いが私の鼻を衝いた。父の着衣がふくんでいた海水の臭いであった。

父の眼は両方とも赤く充血して、左眼はすこし前方へ突き出されるようにくわッと大きくみひらいて、瞳孔が白濁していたが、それも警察署で見せられたフィルムの印象にくらべれば、なにほどか安らかなものだと言えるかもしれなかった。父の顔には、憤りも悲しみもありはしなかった。が、それはやはりさとりきったというような顔でもなかった。すでに固定してしまったはずの父の死顔には、意志的とでも言いたいような表情が漂っていて、そこにはなにか不思議になまぐさいものがあった。その棺は三人の警官と漁夫の四人によって担がれ、ジープに乗せて火葬場へ運ばれた。

途中で町の葬儀屋へ寄って骨壺を用意したり、埋葬許可証をもらうために町役場へ立ち寄ったり、警官たちに軽い食事を摂ってもらったりしていたために、私たちが火葬場へ行き着いたのは午後になった。火葬場は三崎の町からすこし離れた小丘陵の山ふところのような場所にあって、赤松の疎林のなかに通じている道は、その火葬場のある地点で行き止りになっていた。火葬場の規模は小さくても、設備は東京のそれに遜色がなかった。

寝棺に極厚の板を使用したことと、棺のなかに藁などを敷いてあったこともいっそういけなかったのだと隠亡は言ったが、父の水死体が骨になるまでにはおよそ三時間の時が費やされた。私は前夜も前々夜も「弟」たちを寝かして置いて自分だけが全通夜をしていたので、そのころからひどく疲労がこたえて来ていた。そのため、しばらくのあいだは警官たちと一緒に別棟の待合所へ入ってそこの畳の上に体を横たえていたが、やはり眠りを取ることはできなかった。

「おやッ」

と私が思わずも呟きそうになったのは、その待合所から火葬場の建物の車寄せの所まで抜け出ていって、その前方にひらけている風景を眼に留めたときのことである。その風景に、私はたしかに見覚えがあるのに、その風景がどこで見たものであったか、私の曇った頭では思い出すことができなかった。そして、私は彼もまた時間を持て余していたらしく、私のあとについて待合所から出て来た上宮田の漁夫と、そこの三和土の上にしゃがんで彼から蛸壺漁の話を聞いた。漁夫は私よりも三歳ほど年少らしく、戦時中には徴用や軍隊にも取られた期間があると言ったが、言葉つきに地方の訛りはなくて、いやみもない人であった。

蛸壺漁というのは、一本の綱に一定の間隔を置いて何個かの蛸壺を結びつけ、その綱の一端に浮標をつけて海底に沈めて置いたものを、その翌日まで待って引き揚げに行くというだけのきわめて簡単な漁法らしい。蛸壺の数も思い思いであるらしかったが、その漁夫の場合は二十五個の蛸壺で、二十七日には獲物の蛸を始末してしまったあと、二十個ほどの蛸壺を海中へ戻したかと思われたとき、彼はふと右手の後方を振り返って、そこの水面に父の頭と、空気が入ってふくらんだ洋服の上着の背が浮び漂っていたのを発見したのだそうであった。付近にはスミ烏賊を釣る舟も四、五はい出ていたが、彼のほかに気づいた者はなかった。それは部落の沖合二キロの海上で、そのあたりの水深は十七尋ぐらいだとのことである。

T汽船から電話があって父が入水したと聞いたとき、私が真っ先に考えたことは、水泳に巧みな父がさぞかし苦しんだであろうということであった。私は少年時代、なんどか父に連れられて森ケ崎や新子安や稲毛の海岸へ水泳に行ったことがある。父の水泳は古い日本風の流儀であったが、それは格調の正しいものであった。そのことが記憶にあったからである。それともう一つ先刻から私の気がかりになっていたのは、三崎署で示された八枚のフィルムのことであった。それらはいずれも舟から砂浜に引き揚げられた父の屍体を撮影したもので、そのうちの一枚によれば、父は両腕を自身の肩幅よりもやや広いめに前方へ差し伸ばしていたらしく考えられた。それは「前へならえ」と「バンザイ」のちょうど中間ぐらいに相当する腕の伸ばしかたであったが、私がその二点について質問をすると、

「お父さんはきっと船の上から両手をひろげて飛び込んで、そのまま硬くなってしまったんでしょうね」

とその漁夫は応えた。この季節の海の冷たさでは水へ入ると同時に心臓麻痺を起したに違いないと言い切った。私はその答えに満足した。その言葉がたとえ私を安心させようとする漁夫の善意から出た嘘であったとしても、私としてはそれを父のために信じて置こうと思った。父はその遺書に「全責任者として自決の外生きる途がないので断行します」と書いているではないか。人間としての父は明らかに失敗者であり、敗北者に相違なかったが、みずからの意志によって生命を断っていった父は、そこに彼の「生きる途」をもとめて最後の飛躍を試みたのだとみられる。すくなくとも、彼はそうすることによって彼の責任を取った。それゆえ父の両腕は、水の浮力によって自然に肩から上へ押し上げられたのではなくて、サッと前方に差し伸ばして海中に飛び込んで、そのまま硬直してしまったのだ。私だけは、そう信じて置きたかった。

父が自決を断行した二月の二十六日は、奇しくも私の生母の命日と同月同日に相当する。私の家内は、父がそれを意識していたに相違ないと言った。また総領は、二十五日に父が出奔したことを自分等三兄弟に対する愛情の表現だと言った。その二様の解釈もまた、恐らく二つながら正しいと言えるのだろう。が、しかし、それらをまったくの誤まりだと否定し去ることは、それよりももっとたやすい。そんな私たちの卑小な解釈を乗り越えた無の世界へ、すでに父は立ち去ってしまっていたからである。

小高い丘陵の山ふところにいだかれた火葬場の砂利を敷き詰めた前庭には三本の赤松の樹があって、前庭より一段低いあたりにも赤松の疎林がひろがっていて、その梢の上に鉛色の海の波立っているのが遠く望まれた。日はすでに西に傾いて風が松の梢に鳴り、夕暮に近いことを思わせた。漁夫はその海に眼をやりながら、
「今日みたいに海が荒れていたら、昨日は私も漁に出なかったでしょうね」
と低く言った。独り言のようであった。そうすれば、父の屍体は永久に発見されずに湾外へ出てしまっていたかも知れない。私はそんな言葉を聞きながら自分も立ち上ってぼんやりその海のほうを眺めていた。と、そのときになって、ようやく先刻から気にかけていたものに私は思い当った。私は錯覚していたのであった。それは私が見知っていた風景ではなくて、佐藤春夫の『別離』という詩の一節なのであった。私は、その最初の四行をおぼえていたのであった。

人と別るる一瞬の
思ひつめたる風景は
松の梢のてつぺんに
海一寸に青みたり。

その四行にそっくりな風景が、私の眼前に展けていたのである。春夫の詩は恐らく生者との別離であったが、私のわかれは今、死者との別離であった。死者となった、父との別離であった。

K丸の船上から投身したとき、末弟の体を抱いて飛び込んだ者は父であったろうか。私には、どうもそれが妻であったように思われる。父はデッキの欄干を先に妻に跨がせて、その妻に末弟を抱かせてやった。そして、一塊となった二人が暗い海に吸い込まれた後を追うように、彼もまた海中に身を投じた。そうであったとすれば、その間にほんの数秒間がなければならなかったはずである。ただ一人デッキに残された数秒間に、父の頭のなかを去来したものはなんであったろうか。もはや、彼の荒涼たる人生もなにもありはしなかった。そして、海の上を渡って来るフュウ、フュウッという陰湿な風の声だけが彼の耳朶を打って、彼の鼓膜にはためいたことであったろう。あの国電の駅に近いミルクホールのような店で、私がココアを啜りながら自身の耳のなかに聞いていた風の声は、その風の声であったかも知れない。薄いと信じていた父と私とのつながりは、私自身が信じていたものよりはるかに深いもののようであった。

私が赤松の梢のあたりにぼんやりと瞳を預けていたのは、どれほどの時間であったろうか。風はその勢いを増すふうもなく、また弱めるふうでもなかった。が、その松の梢を渡って来る風の声にかさなるようにして、重たくゴーッと私の背後から迫りかかって来るのは、鉄の扉のなかで重油の火焔がすでに物質と化してしまった父を焼いている音であった。

〔1954年「文學界」2月号　初出〕

しあわせ

Hクリニックへ心電図の計測とレントゲン撮影に行くばあい、歩いても片道六、七分しか要さぬ距離を、ドクターの指示で往復ともタクシーに乗る。

すぐ来るときはいいが、来ても先客を乗せたものばかりだったりして十分も十五分も待たされるときには、「ですから、もっと早く家を出なけりゃならないんですよ」と妻の伊佐子に言われたりする。が、片瀬にしてみれば、こんなことなら歩いたほうが早かったのにとか、前日とでは天候が一変してしまうことがあるので、その日の午前中の様子からドクターと電話で打ち合わせをして午後から穏やかそうな日をえらんで来たのに、なんたる間の悪さなのだろうかとか、運命のいたずらなどという大袈裟《おおげさ》な言葉ばかりうかんで来て、「そんなことをすりゃ、逆に早すぎて待ちくたびれる場合だってあるんだ」と言い返してしまう。

伊佐子も片瀬より早くからクリニックの峰岸医師の厄介になっている患者だから受診のときにはかならず同行するので、そんな片瀬を「このごろ、こわい人になった」と言う。彼が今度の病気になったのは、高齢化社会とか人生八十年時代ということが言われて、いわばそのぎりぎりの限界に近接してからのことで、正反対のいわゆる腑《ふぬ》抜け状態になる場合もあるにしろ、老いと短気は一般的にペアのようなものだから、日常の取るにも足らぬ小さな事のほとんどことごとくに対しても立腹しやすくなっていることは否めない。それでも家はいつも早めに出ているので、約束の刻限におくれたことは一度もなくて、半地下風なガレージ脇からエレベーターで二階へあがると、患者たちの待合室とは反対側にある奥のロビーを通って、一般患者とは逆方向から検診室に入る。採血をして白血球の数がしらべられるのもこのときのことで、検査結果は翌日ドクターからの電話で報らされる。

「いつどこで風邪をひくか、これがいちばんこわい」

毎週月曜日か火曜日の夕刻に往診してくれるからこそ、そんなことも言ったりできたりするのだが、附添をふくめてもせいぜい十二、三人しか収容しかねるクリニックの小さな待合室でも風邪ひき患者がいないとはかぎらないので、片瀬に感染させてはならぬという配慮を峰岸医師がはらっていた結果で、診察や投薬の順番待ちを大病院の待合室で何時間もさせられることなどもってのほからしい。峰岸医師が個人経営しているHクリニックは、バス通りに面した八階建マンションの二階のワンフロア全体を占めて繁栄していた。

大病院の待合室は立入禁止区域同然で、自家経営のクリニックの待合室へも足を踏み入れぬようにさせているほどなのだから、旅行などはむろんのこと、好きな映画も、野球も、展覧会もみに行くことができない。あらゆる会合や、身近かな仲間だけの小規模な集りにも顔を出すことすらかなわない。ドクターの進言を忠実にまもるためには、バスに乗って書籍や文房具やちょっと高級な食料品などのショッピングに行くこともならなければ、徒歩で自宅付近の店へ珈琲をのみに行くことすら控えねばならない。

峰岸医師が片瀬に告げた注意は、雨の日、風の日の外出はもちろん、晴天の日でも日向《ひなた》を歩いてはいけないというきわめて神経質なものであったから、たまたまそんな日に訪客があって出そびれると、二十日はおろか一ヵ月以上も屋内へとどまったきりで一歩も外へ出られなくなる。しかも片瀬が入院した昨年の夏から退院後の今夏までは大の字こそつかぬものの、キメこまかく見ると異常気象の連続で、一例を挙げれば地球の温暖化などという、彼の短いとは言えぬようになった人生でもはじめて接する文字が、暫時《ざんじ》とはいえ連日のように新聞に掲載された。事実、昨年末から今年の年初にかけては温暖で、桜は東京でも三月中に開花したし、四月中にはいうところの夏日《なつび》である二五度を超える日が幾日もあった。かと言って温暖な日ばかりがつづいていたわけでは決してなくて、五月に入ると、その名称にはたして正確にあてはまるのかどうか、走り梅雨《づゆ》とかリラ冷えなどという文字や音声が新聞やテレビを通じて流れ出て、原因はともかく結果的な現象面からいえば快晴無風の日など二日とつづかない。いや、地球の温暖化とかエルニーニョなどと切りはなした一般的天候の上からも、盛夏の油照りなどをのぞけば無風の日など皆無にちかいと知ったのは、病気のいわゆる予後の状態に入ってからのことである。いわば、新発見であった。健康だということは、多少の風の有無などに無頓着で生きていられるということなのであった。自身が異常な状態におちいって、人間ははじめて通常のありようをさとられることになるのだろう。酸欠の状態にでもならぬかぎり、誰が酸素の有無など留意するものか。

峰岸医師の指示を要約すると、ベッドに横たわってばかりいなくて、屋内だけでも歩いてさえいれば寝たきり老人にはならない。が、へたに外出をしてわずかな風に当っても、会合などの人混みでよごれた空気を吸っても風邪から肺炎におかされる確率は高くて、肺炎は死に結びつく。日光を浴びることもあまりよくないという忠告を、何事に対しても素直だとは言えぬ片瀬が可能なかぎりまもりつづけているのは、伊佐子より自分のほうが一時間でも後まで生き残ってやりたいと思っているからで、一時間でもということは、断じて一日でもなどという意味ではない。

丈夫なだけが取り柄だという意味のことをみずから口にしていた伊佐子が、まったく思いもよらぬ喀血《かっけつ》をしたのは、一昨昨年の三月末であった。

青年時代からの長い習慣で、早起きが苦手だった片瀬は催眠剤の服用によって午前二時ごろ睡眠に入って十一時に起きる。就眠《しゅうみん》が日によって三時過ぎになっても、翌朝の起床時刻は眼覚時計にまかせているから、まったく不変同一であった。極端なばあいをのぞけば、不規則がかえって規則になっているようなもので、そのこと自体が時差ボケなのかもしれないのだが、片瀬は駆け足同然の海外パック旅行へ出ても、自覚としては在外中にも帰国後にも、さほどの時差ボケを感じたことはほとんどない。薬品で調節している睡眠時間は家庭料理のようなもので、他人の口には合わなくても自身の口には合う。片瀬のばあい就眠と覚醒は人工のパターンだから、その朝も彼がまだ眠っていたのは時刻が午前十一時に達していなかったことを証明している。

「すいません、起きてください」

左手に金属製で円形の小型の金盥《かなだらい》とよんでいいのかどうか、そんな容器を持ったまま、階下からの階段の正面に位置している踊り場の一本引きの板戸を開いて顔だけをのぞかせるような姿勢で言った伊佐子の唇の周辺は血に染まっていて、言い終るなり踊り場の窓際にある洗面所の流しにむかって、体内から突き上ってくるものを嘔《は》きつづけていた。

「……胃かな」

とび起きて行って、血という液体であるより、ある程度まで糊状《のりじょう》を呈した血の塊《かたま》りとでも言いたいような状態のものであるのを見るなり片瀬が思ったのは、ここ数年、伊佐子が下痢と便秘を反復するという消化器系の典型的な症状におかされていたし、Hクリニックの厄介になる以前に通院していたホームドクターのS医院から受けていた投薬もその種のものであったところから、胃潰瘍による吐血ということを真っ先に考えなければ、むしろそのほうがおかしいくらいのものであったろう。下痢が二日か三日つづくと、その後の三日ほどは便秘であったり、その逆の場合もあるいっぽう、片瀬はそんな状態を伊佐子から訴えられてもいちいち医者に電話をするわけにもいかぬため、似た症状を繰り返した自身の長い体験から、作用のおそい漢方薬などをすすめてその場を糊塗《こと》してきたが、そんな切りぬけ策には限界があった。

もっとも胃潰瘍なら、飲酒をたしなまぬ片瀬も還暦をむかえることになった年の一月だったからもう二十年ちかくも以前に、大病院の院長になっていた中学時代の同級生であったNに手術を受けているが、胃カメラの診断だけで吐血をしたわけではなかったから色を知らない。ただ戦前のことだから確実に半世紀以上も以前に読んだ次第で、それだけ確実性は低いのだが、たしか里見弴の『多情仏心』の主人公も胃潰瘍だったはずで、その吐血の色が褐色を帯びていたように書かれてあったと記憶するのに、眼の前で伊佐子が洗面所の流しに置いた金属製容器の中へ吐きつづけている血の色は、鮮血という以外のいかなる表現もあり得ぬほどあざやかな赤さを呈している。となれば、これは胃潰瘍による吐血ではなくて、呼吸器疾患が原因の喀血ではないのか。

　それまでのなりゆきからいえば、ここはSホームドクターに事の次第と様子を告げて処置を仰ぐべきであったが、S医院はもともと貧弱なレントゲンと心電図までは設備していたものの、往診どころか点滴にも応じてくれぬ町医者であるかわりに、診察から投薬にいたる手数や所要時間がすべて簡易であったから、それはそれで悪いところばかりでもなかった。すくなくともうんざりさせられるほどの長時間を要する大病院にくらべるとき、どれほどアトホームであったことかはかり知れぬものがあるが、あいにくなことに医術は科学である。すこし重症の折には他の病院へ送らねばなるまいと前から覚悟していた片瀬は、伊佐子の出血の多量さや、それまでの二年や三年ではない通院からなにひとつ警告らしいものを発せられていなかった結果としての突発的症状からみても、これはかなりむずかしい状態のようだから、高度な検査機器を完備している大病院でなくてはなるまいと判断せずにいられなかった。そして、そのとき彼の脳裡に大病院としてうかびあがっていたのは山ノ手と下町の両院であったが、後者の院長であった彼の中学時代の同級生Nはその直前に死亡して、前者にはその前年彼自身が前立腺肥大の手術を受けるために入院していたばかりではない。仲介してくれた人があって副院長ともそのとき顔がつながっていたし、結果は通院か入院のいずれになるにせよ、患者をかかえる家族の問題の一つは家庭と病院との距離であった。片瀬がほとんどためらうことなく山ノ手の大病院の副院長に電話をして、すぐ当人をよこすように言ってもらえたのは、以上のような経過のためであったが、こちらの病状の訴え方に不備があって、最初に消化器科へまわされたのは喀血と言うべきところを吐血と言ってしまったためで、喀血と明言できなかったのは、その直前までS医院で消化器患者としての取り扱いを受けていたことにも因由していなかったとは言えない。

小さな洗面器と言ってもいいような円形の金属製品をスーパーでよこす白いビニールの手提袋の中へ収納すると、大通りへ出てタクシーを待っているあいだも、やっと来たタクシーに乗って病院へ着くまでのあいだにも、伊佐子は下を向いて喀血しつづけていたが、すでに副院長のほうから連絡を受けていた消化器内科医長の診断は早かった。これは呼吸器による喀血だから、そちらへまわるようにと言うが早いかすぐ卓上電話で手配をしてくれて呼吸器内科へまわされると、こんな大病院でもこれほど間のいいことがあるのかと疑いたくなるほど間髪《かんはつ》をいれずといったタイミングのよさで、伊佐子の検査はすぐ始まった。口から気管のなかへ内視鏡を通してさまざまな検討がおこなわれた様子で、同じ検査室へは通されたものの、片瀬には伊佐子がどんな検査をおこなわれているのか、眼かくしをされていたようなもので見当もつかなかった。が、呼吸器疾患による喀血というところまではすぐわかっても、それが結核性のものか否か、もし結核ならこの病院が綜合病院であるだけに他の患者への伝染をふせがねばならぬ必要から入院を拒否するが、結核でさえなければ入院は許可されるので、内視鏡のほかにもレントゲンやＣＴスキャンまで何度も使用して、その可否に対する結論が出たのは夕刻の七時ごろであった。にもかかわらず、当の伊佐子もほぼ同様にしろ、まだ眠っていたところを起された片瀬は朝から顔も洗わず、水いっぱい飲んでいなかった。

「付添いのあなたが倒れちゃうといけませんから」

そう言って若い看護婦の一人が、紙コップに入れた砂糖湯を片瀬にのませてくれたのも、入院という結論が出てから後のことであった。それまで片瀬は電話をかけに行くことも、食事に行くことも——伊佐子の脇から一歩でもはなれることを禁じられていたのであった。それだけ、その検査には危険がともなっていたということだったのだろう。

その時分、彼の息子は彼の家から徒歩二十分ほどのところに居住していたが、その一家の助力がなければ片瀬ひとりでどうなるものでもなかった。食事も二食分いっしょにはこんでもらって、夜の分は電子レンジで自身が温めて食べたり食器は洗っていたとはいうものの、しょせんは一人ぐらしで、ほぼ隔日《かくじつ》の割で病院へ見舞いに行っては夜食をとってから机にむかって、約束の期限内に彼としてはやや長めの短篇を書き上げて編集者にわたした。ということは、それだけ彼にもまだ体力のしぼりかすのようなものがあったし、入院をさせてあったことで病人にも手がかからなかったことを意味する。

このときは病名として一応のところ気管支拡張症とみられるものの、断定はしかねるというはなはだ曖昧な診断で退院だけはさせられたものの、健康な状態に戻ったから退院に到ったというのではなかった。入院期間は四十五日間で、片瀬より三歳年少の伊佐子もすでに七十歳を越えていた。固有名詞が即座に口から出なくなるのは中年の健常者でもザラにあることだが、その程度をかなり大きく越える失語状態が伊佐子の上にみられるようになったのはこの入院以来で、医師なり心理学者に意見を徴《ちょう》したわけではなくて片瀬ひとりの独断だが、老いた主婦には次の食事の副食をなんにしようかと考えることが何十年という長期間ずっと持続してきた慣習であったのに、入院すればそんなことはまったく考えなくなる。この急ブレーキにも等しい思考停止が、脳髄の回転をさまたげて思考のバランスを一気にくずしてしまうに相違あるまい。

病状にもよるのだろうが、消化器疾患より呼吸器疾患のほうが肉体にあたえるダメージは大きいのだろうか。一昨昨年の三月末に入院して五月中旬に退院した伊佐子は、一昨年の十月にも半月ほど入院したばかりか、昨年の二月末から三月末までにも約一ヵ月間——都合、三年つづきで入院している。

むろん、その入退院のあいだには、片瀬の身にもさまざまなことがあった。伊佐子が気管支拡張症で退院してきた年の秋には所属団体の義理で二人の作家とともに山陰へ招かれて二泊三日の旅をしているし、年末にはある種の表彰を受けて身辺がいささか騒然とした。そして、一昨年の六月末には虫が知らせたとしか考えられぬ三泊四日の日程で伊佐子と二人連れの北海道=道東旅行に出ている。前年の入院以来、伊佐子は体力の衰退にともなって思考力や会話の能力もめっきり落ちていたし、金銭感覚が信じがたいほど低落してしまったり、アナログ時計でもあと何時間何分で何時に達するのか、またカタカナのうちでも特に単純で少女時代から知りぬいていたはずのバナナとか、バター、ハムといった単語が口へ出て来ないばかりに、そのとき自分がなにか話そうとしていた話題の全体までが思い出せなくなって中絶してしまうことも一日に二度、三度とあるようになった。彼女が自分なりに苦労して五様、六様に言い換えても片瀬に通じなかったり、片瀬のほうが先まわりして四つ五つとヒントをあたえても解答を引き出し得ぬかと思うと、たった今まで眼の前にあったものが紛失して捜し当てるのに二時間も三時間もかかったり、捜しているうちにまた次のものを見うしなっていたこともある。その大半が伊佐子のもの——金銭のほか鍵とか眼鏡といったもので、いずれにしろ時間の浪費と見つかるまでの苛立ちは小さからぬもので、見つかったところが盗難や火災をまぬがれたわけではなく、しまい所を突き止めただけのことなのだから、かくべつ喜びが浮かびあがってくるはずもない。

「あんまり物を大切にしすぎるから却ってこういうことになるんだ」

さんざん捜しまわった末にベッドの上の枕の下とか夜具の下など他愛ない場所から出てくると、戦後の短くなかった窮乏時代に、銀行へ預けるのも恥かしいほどわずかな金銭をわが家のどこかに秘匿《ひとく》したのが習慣となって、つい他人には見つけにくい場所——すくなくともすぐには眼に入らぬ場所へしまい込む習癖が生じるようになったのではないか。げんに現在とまったく同様の隠蔽法《いんぺいほう》はかなり以前からはじめていて、その時分には秘匿場所を明確に記憶していたのに、現在ではそれをころっと忘れてしまって、片瀬まで巻き込まなくては発見できない状態におちいっている始末であった。

「あのとき北海道へ行けたのは、奇蹟みたいなものだったね」

片瀬にしたところで年齢が年齢の上にもともと健康なほうではなかったのに、伊佐子も現在の状況にくらべれば梅雨の晴れ間にでもたとえられるほどの小康状態であったし、仕事や対社会的にも一種の空白状態をつくり出すことができたので、三日間チャーターしておいた同じ一人のタクシー運転手に釧路空港へ出むかえてもらっておいて以来、展望台や丹頂鶴自然公園をふくむ釧路見物のあと厚岸《あつけし》、霧多布《きりたっぷ》まわりで第一夜は浜中泊、第二日目は風蓮湖《ふうれんこ》からその近距離にある根室湿原の中心ともいうべき開陽台まわりで弟子屈《てしかが》へ立ち寄って川湯泊、三日目は雲の断片ひとつない霧の名所摩周湖の澄みきった湖岸から屈斜路湖《くっしゃろこ》、美幌峠越えで小清水原生花園へ寄ったあと網走へ出て、女満別《めまんべつ》空港から千歳経由で札幌のホテルへまだ陽の高いうちに着いたばかりではない。その夜は、伊佐子をさそって大通公園や狸小路から薄野《すすきの》あたりまで歩いた。そして、翌日は藻岩山《もいわやま》へものぼった。

実を言えば、この北海道ともう一つのハワイ旅行は、日ごろなにひとつねだったことのない伊佐子が十年ほど以前から念願していて、片瀬にしてもそのときにはかならず自分が同行して、一人で行かせるようなことはしないと言っていたものが、結果においては空手形《からてがた》に終っていただけならまだしも、彼はそのあいだに四度も海外旅行へ出ている。しかも、そのうち二度まで息子を随伴させているのに、伊佐子は一度も同行していない。と言っても、しかし、むろんそれは結果であって、彼はいつの場合も伊佐子をさそっているが、消化器が極度に弱くて、片瀬ほどではないまでも短時間で眼がさめてしまう不眠症だから日程通りの行動をすることなどとうてい無理だと言い張って、海外旅行に関するかぎり一度も同意したことがない。が、そのかわりと言うのはおかしな表現になるが、二人きりで国内旅行へ出たことはかなりあっても、二人以外に誰か同伴者のある旅へ出たことは一度としてない。それでいて、その後も二人のあいだに今回の道東旅行と日光湯元で一泊した翌日、戦場ケ原から川俣温泉、霧降高原へやはりタクシーを半日チャーターして全山紅を流したような紅葉のなかで風花《かざはな》が舞ったり小雨が通り過ぎたかと思うと薄陽がさして虹が望まれるといった半日の回想は語り合われることがあっても、他の旅は話題にのぼって来ない。新婚旅行としての熱海から京阪神への四泊五日旅行、息子が大学三年生になった年の夏、来年の今ごろは就職運動でとびまわらねばならぬため、これが生涯最後のチャンスという思いで息子を留守番において出かけた山陽、山陰、関西にかけての四泊五日旅行などは忘れようとしても忘れ得ぬものであるはずなのにもかかわらず、話題としては消え去ったも同然になった。原因は後の二つが若い時分のことで、前の二つが老境へ入ってから以後のものであったからにほかなるまい。

海外へ出て、あるときある場所で自分はこの眺望を一生忘れることがないだろうと感じる瞬間があるのは、その場所がかならずしも風光として特別すぐれた場所だからだとはかぎらない。日光の裏山や北海道の道東の風景はたしかに国内でも有数な絶景だが、片瀬と伊佐子の眼底に特に強く灼きついているのは、それを凝視した眼が彼等の末期《まつご》の眼と化していたからだろう。二人の旅に同行者がいたことはないと言ったが、同じ風景を同年同月同日の同時刻に見た観光客は無数にいた。が、しかし、彼等がそこで感じ取ったものが片瀬夫妻のそれと明らかに相違していたにちがいないのは、彼等がまだ死の岸の波打際にまで追い詰められていないのに、片瀬たちはその岸のきわめて近くに達していたからにほかなるまい。根釧原野を中心とする道東の旅へ出たのは昭和という元号が完全に持続した最後の年——六十三年六月のことで、その旅から戻ったころにはどうやら自身のことは自身で維持できる程度の体力を残していた伊佐子も、年を越して一月八日から平成と改元された年の二月末には下半身が上体をささえきれなくなって三回目の入院をした。

息子の一家が徒歩で二十分以上の距離から軒並みにして片瀬の家とは五、六軒しか離れていない賃貸マンションへ緊急移転して来てくれたのは、伊佐子が第一回の入院をして、その退院を直後にひかえたころのことであったから、二回目の入院にも、三回目の入院にも、然るべく対処してもらえた。片瀬は入浴の準備ぐらいできても、洗濯はおろか三度の食事もできない戦前派どころか明治人間だから、息子一家にしても片瀬を一人で放置しておくわけにはいかなかった。

第一回目は呼吸器、第二回目は消化器、第三回目は整形外科と、三年つづけて入院した伊佐子がそのつど異なった科に入院しているのは、考え方ひとつで全身のどこもかしこも悪くて、入院時には特にそこ——たとえば二度目には消化器が最も悪かったという見方が成り立つだろう。

「お前そんなことしてたら死んじまうぞ。Sさんじゃ点滴がしてもらえないんだから、D病院へ行ってなにかを補給してもらって来ないと大変なことになる」

片瀬が追い立てるようにして彼女を大病院へやったのは、拒食症というのか、食欲をまったくうしなって三日ほど毎食ごとに一と箸だけで食事を中絶してしまうありさまが続いたからであったが、病因はともかく、結果としては外来患者として受診に行ったまま入院を命じられたというような経過だっただけに回復も早くて、このときには半月で退院できたが、三度目の整形外科入院は手術を受けねばなるまいと、当人はもとより片瀬も覚悟をした。骨粗《こつそ》鬆症《しょうしょう》でいちじるしく腰が前かがみにまがって、いわゆる歩行困難な状態におちいってしまっていたからであった。そして、その手術の場合は家族が心配して医師に訴えたのではなく、伊佐子自身が患者としてS医院からHクリニックへ乗り換えていたし、クリニックには土曜日だけ整形外科医が出張して来ていて、その医師から入院指示を受けたのであった。

「手術するほどの重症ではないとなると、別にこれという手当ての方法があるわけでもないので、いっそこのまま退院したほうが……」

主治医からではなく、医長からそういう言葉が出たのは約一ヵ月後で、三度が三度とも退院すなわち快癒《かいゆ》というものではなかったばかりか、特に三度目の退院時には、半年か一年はかかるつもりで、ゆっくり気長に看病をしてあげてくださいという補足までが付帯していた。

腰がまがったままでは、押入れに夜具を出し入れするだけでも困難を越えて不可能だろうという息子の言を入れて、費用のすべては片瀬持ちながら、息子は自身の妻子を総動員して不用品の大整理をするいっぽう大工を入れて室内改装をしたのち、百貨店から届けさせたベッドまで据えて伊佐子の退院にそなえた。が、手押しだから構造的にはほぼ乳母車と同様の四輪ショッピングカートを使用すればどうやら歩けても、ステッキでは歩行がいちじるしく不便で、退院後二、三週間はHクリニックへ一人でかよえた伊佐子は、片瀬が付添ってもたちまち通院が不可能になってしまった。

出版社に勤務する旧知の女性社員の紹介で、派出婦会の介護婦さんに月水金の三日間だけながら午前九時から午後五時まで通勤して来てもらえるようになったのは、退院後三ヵ月ほど経過してからであったろうか。もうすこし早くからであったかもしれない。週に三日来てもらえるということは、四日間来てもらえないだけではなく、このときにも片瀬は短篇小説を一つ引き受けていて、枚数こそ前回の半分強であったとはいうものの、兎にも角にも間に合わせている。疲労はそれらいくつかのファクターの堆積だろうと自身に言いきかせてなんとか日常を維持していたのは、ここで自分が倒れたら伊佐子をささえる者がいなくなるといった責任感以外のなにものでもない。後から考えれば、よくつづいたと言えるようなもので、そのあいだには所属団体の義理から伊佐子の実妹に看護を依頼して北関東の小都市へ講演に行ったりもしたが、ねとっとした感じの疲労感はどこと指摘しかねるほど全身の広範囲にひろがっていた。

「一度レントゲンを撮ってみましょう」

咳が出るわけでも頭痛がするわけでもなかったが、いうところの微熱のせいらしく、伊佐子への看病づかれも重なっていたせいかどことなくだるいので、そのころから週に一回ずつ来診してくれるようになっていたクリニックの峰岸ドクターに風邪薬をもらいはじめたのは六月中旬からであったろう。一週間分の投薬を二度受けたが、それでもまださっぱりせぬために片瀬が自身の三度目の服薬を受けにクリニックへ行ったとき、聴診も打診もせずにいきなり言われて上半身の衣服を脱がされたのは、すでに七月に入ってからであった。

クリニックのレントゲンはポラロイドだから、撮影の結果はS医院の場合のように翌日まで待つ必要はない。峰岸ドクターは現像されたフィルムを電灯の入ったガラスケースに挿入すると、左肺のいちばん上に相当する肋骨のむかって左端――写真でいえば鎖骨と重なるような部分に、立体写真なら球形をなしているのかもしれないが、平面写真の範囲にかぎっていえば満月のような円形の腫瘍がくっきり撮影されていた。

が、科学の一分野である医学の世界では、ただ一葉の撮影フィルムでその腫瘍を肺ガンと断定するわけにはいかない。事はよしんば明確であっても客観的データを必要とされるので、片瀬は同じ日の夕刻ある会合へ出席するためにすこし早めに家を出ると、S医院に立ち寄って、前年九月に夫婦そろって老人検診を受けたときのレントゲン写真を翌日までに捜し出しておいてくれるように依頼した。そして、翌日は約束の時刻にS医院へそれを受取りに行った帰途Hクリニックへ届けて、さらにその翌朝、こんどは午前九時すこし前までに二枚のレントゲン写真とクリニック院長である峰岸ドクターの紹介状を持ってD病院の呼吸器外科へ行くとレントゲン、CTスキャン、検痰《けんたん》、検尿、採血と、されるだけの検査を一と通り受けさせられた。そのため、伊佐子が喀血した時とは格段の差があったとはいうものの、往復ともクリニックへ立ち寄らねばならなかったし、その時点ではすでに自身が肺ガン患者だと知っていたためもあるのだろうが、最近の彼としては経験のない疲労に全身をつつまれていた。月面を歩いている、宇宙飛行士の歩行が想いうかんできたりした。

アルコールをまったく受付けない片瀬がはじめて煙草を吸いはじめたのは中学二年生の時からで、軍隊生活のあいだもできるだけの手を打って煙草を入手していたし、戦後もあらゆるヤミというヤミに応じて片時もニコチンを切らさなかったばかりか、自動販売機が出まわる時がやってくると、今度は嫌煙権などという喫煙排斥運動がはじまった。そして、彼の親しい友人までが、最初はフィルターチップ、次には低タール煙草へと次第に退却しはじめて、片瀬も「なんだ、こりゃ。ヨシのズイから天井のぞくで、ぜんぜん煙が来やしないじゃねえか」などと文句を言いながらもフィルターの段階までは譲歩したものの、弱い煙草には我慢がならなかった。

「どうせ俺は死ぬ時は肺ガンだろうし、好きなものを辞めて一年や半年長生きしたって、それがどうなんだ。人生って、そんなに楽しいか。俺は煙草なんか本気でやめようと思ったら明日からでも辞められるのに、辞めようと思わないから吸ってるだけなんだ」

強がりではなく、本心から彼はそう思っていた。彼が自身のガンを確認したのは、Hクリニックで灰色の満月のような腫瘍を指摘された時のことであったが、D病院ですべての検査を終ったあと、もし手術を受けないとしたらどうすればいいんですかと訊ねた彼の質問に対して、「そういう場合は外来患者として毎週一回ずつ放射線を受けに来ていただくんですな」という医長の応答のなかに、放射線という単語が入っていたことで、今どきこの単語からガンを連想しない者がいればよほどの常識はずれと言われても致し方がないだろう。

ガンに対してなんの疑いも持っていなかった者がガンだと認定されて受けるショックは、ある程度まで覚悟していた患者の何十倍に相当するか、病状や年齢によってもさまざまな相違があるだろうが、宣告を受けた片瀬の場合は、ほぼ真空と言っていい精神状態であった。なにひとつ、動いたものもなかった。彼の場合は文学者として現役でいられるうちに死んでいきたいという気持から、根拠もろくに知りもせずに嫌煙権などと付和雷同《ふわらいどう》している連中に対するはげしい反感から、強い煙草を強いままひところにくらべれば意地になって倍ちかくも吸うようになっていたし、そのせいに相違ないのだが、群馬県へ講演に行ったり伊佐子の介護にあたるようになっていたころには、まだ無色透明だったもののかなりたくさん痰《たん》が出はじめて、ティシューペーパーで拭き取ったり仕事場にしている二階の洗面所に痰を吐きながら、ひょっとするとと思い当る時もないではなかった。そういう意味では、ある程度の覚悟がどこかに出来ていたと言えるかもしれないのだが、Hクリニックや D病院で死につながらぬとは言いきれない、一種の致命的宣言を受けた患者の一人としては、気のぬけた鈍感さを丸出しにしてしまったのではないかと後から自身で反省せずにいられぬほど動揺を受けなかったのは、自己中心の考え方があっただけで、その思念には伊佐子も息子も入っていなかったからであった。

人間が月へ行くような時代になったんだからと、胃潰瘍の手術を受けたとき中学の同級生であった院長のNに口説かれてからほぼ二十年が経過している。ガンは世界中の学者が集中的に研究しているわりに治療法が進歩しているとは、すくなくとも片瀬に見えぬものの、そのあいだには内視鏡やCTスキャンなどが出現して、片瀬自身の体験から言っても前立腺肥大の手術などすべて電気メスで処理されているのだから、肺ガンのそれも早期発見であれば肋骨を二本も三本も切除することなく、CTスキャンなどをフルに活用して肋骨のあいだから挿入した電気メスで腫瘍を切除するだけのことだろう。

「今どき手術で死ぬなんてバカなことは、余程の場合を除いてあり得ない。かならず元気になって戻って来るけれど、帰宅は早くても来月末にはなると思うな」

実はもうすこし長びくに違いあるまいと思いながら、伊佐子に言って片瀬がD病院へ入院したのは昨年の七月十五日であったから、同年の三月末に伊佐子が退院してからでは三ヵ月半後――日数にすれば百日ぐらいしか後ではない。伊佐子には、息子の一家と、泊り込みで二十四時間勤務の派出婦が付き添っていたとはいうものの、固形の食料は一切とることを禁じられて、日に四回、微温湯で液状に溶解した経腸栄養剤をほぼ点滴と同様の要領で柱に吊したビニール袋の底から最初の部分はゴムの、中途からはビニールの管につないで鼻孔《びこう》から咽喉を通じて直接胃のなかへ流し落す流動食で栄養を摂取していた。そんな状態でありながら外部から引き裂かれるように片瀬を病院へ送り出さねばならなくなった伊佐子にくらべれば、俎《まないた》の上の鯉も同様にどれほどじたばたしてみたところで医師と看護婦の命令にしたがう以外にはなにひとつならない身となってしまった片瀬の幸不幸を秤にかけるわけにはいかぬものの、せめてどちらか一方がいますこしでも自由のきく身であったらという思いにかけては、どちらにも差異がなかった。

「小説やドラマなら、愁嘆場《しゅうたんば》だな、ここは」

そんな思いが片瀬のなかをかすめて過ぎていったとき、胸元になにか熱いものが湧き起ったように感じたのは、いま伊佐子が置かれている立場をおもったからであった。彼女は誰に打ち明けても百人が百人とも肯定するに相違ないほどの気兼ね屋で、誰に対しても遠慮ぶかすぎる。第三者の眼には一応しっかり者のように見える伊佐子は、片瀬のいないところでは、この世の中でただ一人の息子や、そのヨメや孫たちに対しても遠慮がちで小さくなっている。ところが、息子たちの眼にはけっしてそんなふうに映っていないことを片瀬は百も承知しているが、さらにもう一つ裏側のところも彼は知っている。そこが見えるのは自分ひとりだと思いはじめると、分に過ぎるほど大きな個室に入った片瀬は、胸をかきむしりたいような衝動を制しかねるままに精神安定剤をやや多量に服用してみたりした。

安定剤といえば、彼が多年服用していた催眠剤は市販のものであったが、その一年ほど以前からは現在入院中のD病院へ外来患者としてかよって精神科で投薬を受けていたため、入院と同時に同じ薬品を病室で服用させられていたわけであったが、どういうものか入院後は在宅中と作用が違った。嚥下《えんか》すれば苦もなく入眠できる点はおなじでも、一時間か一時間半後には眼がさめてしまって、そんな睡眠不足が積り積ったせいか、伊佐子が最初の入院時におそわれたのとほぼ同様な頭脳状態におちいっていくのを自身でもはっきり感じた。伊佐子の場合はそれから二度も入院しているので、そのぶんだけ反射神経や記憶力や金銭勘定、時刻判断と数えあげればきりがないほど――ひらたい言葉でいえばボケが来ていて、片瀬の場合はそれほどではないまでも、入れかわり立ちかわり入室してくる看護婦の名は勿論のこと、主治医の姓や薬品名など、その瞬間には頭へ入っても、そのことについて思い出そうとしたり第三者に語ろうとすると、必要限度の半数ぐらいはおぼえていても、半数ほどは忘れてしまうばかりか、前日はおぼえていたことを翌日にはきれいに忘れてしまう。

まさかそれが第一回目になるなどとはドクターの側でもまったく考慮に入れていなかったに相違ない手術が、たとえばメスを入れても心臓が貧血に耐えられるだろうかというようにさまざまな検査が繰り返しおこなわれたのち、麻酔薬の調査まで済ませてからストレッチャーに載せられた片瀬が手術室にはこばれたのは予定日の七月二十九日から三日のびた八月一日のことであった。そして、集中治療室から自室へ戻ったのは八月二日の夕で、その段階では一応順調であった。

「悪いところを取っちゃったんだから」

たまたま医長が来診しているところへ入って来た婦長が片瀬の術後の経過をたずねると、医長はそれに対してただ一と言こたえただけで、ぷいっと室を出て行ってしまった。

片瀬は、医師を批判できる立場にはいない。しかも、手術を受けたのは婦長ではなくて片瀬である。それなら医学的知識のない片瀬に対して、もうすこし具体的に理解しやすい表現で経過を説明すべきではないのか。悪いところを取ってしまったのだからという簡明な回答は、もう安心だという自信にみちた言葉だとも解釈できるいっぽう、その後の経過はどうなるか不明だと受け取れぬこともない。頼もしさと頼りなさが混在していて、こんな応答しか得られないのでは入院をしている意味がない。家庭から外来患者として通院していれば家族に自身の胸のうちを語れるのにと、爪先が床へとどかぬ高いベッドから両脚を垂らして考えた深夜もあった。

「いっそ、再手術したほうが早い」

あまり詳しい説明もなく、結論として言い渡されたのは前日の夕刻で、八月一日に一回目の手術を受けた片瀬は同月十日に再手術を受けることになった。

八十歳にちかい片瀬は自身の年齢や日ごろから脆弱な身を思って、今度こそもう助からぬものとあらかじめ覚悟していた。助からぬという思いで言えば、一度目の手術のとき、左乳首の下から脇腹をくぐりぬけて後背部にある肩胛骨《けんこうこつ》の下まで二〇センチ以上もC字型に切開されると知って、死なせてもらえるものならそのまま死なせてもらいたいと本心から思った。全身麻酔をかけた手術で死ねれば、知覚としては痛さも辛さも感じずにこの世を去っていけるのだから、これほど楽な死に方はない。限界という言葉を言語としては嫌悪していながら、現実には常に自身の才分に限界を感じている片瀬は入院ときまったときにも、二度と自宅へは戻りたくないと思った。満足感などまったくないままに自分はこの程度の人間で、すでにするだけのことはして到り着くべきところに到達しているのだから、伊佐子のことさえなければ、もうなにひとつ思い残すところはない。そう思って入院したのであったから、いやだなと思ったのは二度目の手術に対する申し渡しで、死にたくないなどとは今度も思わなかったのに、苦しさは以前に増すのではないか、息子夫婦に送られながらストレッチャーの上からえんえんとつづく長い廊下の天井を見上げながら考えていたのは、そんなことばかりであった。

最初の手術のあとは一日で出られた集中治療室も、二回目の手術後は四日も暮さねばならなかった。それだけで病状をうんぬんするわけにはいくまいが、一より四のほうが多い数字であることは児童でも心得ている。

退院の日は十月十四日で、入院の期間は三ヵ月余に及んだし、入院の日からかぞえれば今日までに一年が経過している。その間さして大きな変化はなかったと言ってもいいのだが、一例を挙げれば片瀬の左肺から左腕上膊部《じょうはくぶ》にかけての痛みには、実に複雑で微妙な痛み方が推移している。はじめのあいだは、腋の下に針を突き刺されるほど激烈な刺痛がほんの瞬間にしろ日に二、三回は急襲したし、その時分はまだ手術後間がなかったので背筋の下半身部に薬液が体内へ入るとヒヤリと冷たいような感じのする注射を受けていたが、その療法が一週間ほどで打ち切られると、あとは自身で肛門から直腸部へ座薬を挿入する鎮痛剤が一日三回以内という制限つきで使用許可されるようになっただけで、それもはじめのうちは看護婦の手をわずらわせていたが、自身で手当てできるようになってからは、腋の下や左腕上膊部の刺痛が痺《しび》れに変化するようになった。ほぼ瞬間的であった刺痛感は、痛みこそやわらいだものの二六時中ジーンと痺れっ放しで、ちょっと無感覚な時はあっても二度、三度と来襲して来て、その後はしばしの休みもないような状態へと変転した。また、痺れの間に、一日に一回か、二日に三度ぐらいの割合で、胸と背の両面に鈍痛感もくる。これはこれで、刺痛とはまた違った辛さであり、苦しさだと言わざるを得ない。昼のうちはちょっと休まるが、朝夕の痰もひどい。ティシューペーパーに取ってみると黄色いもので、時にやや褐色を帯びている。

通常、入院患者は退院をすると、その翌週から今度はなんらの特典もないただの外来患者に切り換えられて、主治医ないし医長の所属する科へ通院せねばならない。そして、通院すればIDカードを添えて予約券を受付の窓口へ差出してから受診の順を待って投薬を受け終るまでに三時間ちかくを要することはほぼ常識にひとしいのにもかかわらず、片瀬の場合は、この災難と言っていい通院の厄をまぬがれることができた。伊佐子の容態をみるために毎週一回ずつ来診してくれていたHクリニックの峰岸ドクターが、ついでに片瀬の診察もしてくれて、その次の週にはレントゲン撮影もしてくれた。そして、それ以後も峰岸医師は来診しつづけてくれて、片瀬はD病院へ足をはこぶ必要がなくなってしまった。

手術後の疵口の痛みが痺れに変ったように、伊佐子の言語障害にも、微細にいえばいちじるしい変化がみられる。一例を挙げればどこかから電話がかかった場合、すくなくとも相手はいささかの障害もない人間が対応していると思っているに相違ないのだが、伊佐子は片瀬に受話器を渡してよこすとき、先方が誰なのか名を告げることは一度としてない。頭では承知していても相手の名が口に出て来ないので、いつも片瀬は誰からの電話なのかわからぬまま伊佐子と交替することになる。それでも大抵の用事が足りるのは今年が金婚式に相当する年であることからも明らかなように、二人が世帯をもってから半世紀が経過しているからだが、日常生活の上であらかた用事が足りているのもそれとほぼ同様で、茶碗があれなら箸もあれで、布巾もあれなら食卓もあれである。伊佐子の言語の大半はあれかこれかの代名詞につきて、自身の話が片瀬に通じないと感じれば中途で打ち切ってしまう。そして、時おり死んでしまいたいと言い出すのだが、片瀬にも生きていたいという気などあろうはずがない。

毎日午前九時から午後五時まで通勤してくるパートの主婦とともに、ズックの運動靴を穿いて四輪のショッピングカートを手押しして足早に歩いている伊佐子を老女と見る人はいるにしろ、電話の取次ぎに応じる彼女の正体は誰にもさとられないように、眼で見ぬかぎり彼女がいかに老衰しているか、その程度を正確に知っている者は、息子の一家ともう半年も来ている派出婦のほかには峰岸医師をのぞいて一人もいないだろう。同様に、血色も罹病以前同様で、声の張りにもほとんど変化をみせぬ片瀬を病人だと誰がさとるだろうか。

「今日もまだ生きてやがる」

毎朝ベッドの上で片瀬が眼をさましたとき、自己自身に対して最初にいだくのはそういう思いである。いつわりない本心を告げれば、むしろ落胆にすら通じる悲哀にひたされているのだが、上を見ても下を見てもきりがないように、彼等夫婦など世間いっぱんの眼からすれば、恐らくこれでもまだしあわせに見えるほうなのだろう。

〔1990年「群像」9月号　初出〕

P+D BOOKS ラインアップ

東京セブンローズ（上）
井上ひさし
●戦時下の市井の人々の暮らしを日記風に綴る

東京セブンローズ（下）
井上ひさし
●占領軍による日本語ローマ字化計画があった

天上の花・蕁麻の家
萩原葉子
●萩原朔太郎の娘が描く鮮烈なる代表作２篇

海軍
獅子文六
●「軍神」をモデルに描いた海軍青春群像劇

若い人（上）
石坂洋次郎
●若き男女の三角関係を描いた〝青春文学〟の秀作

若い人（下）
石坂洋次郎
●教師と女学生の愛の軌跡を描いた秀作後篇

P+D BOOKS ラインアップ

終わりからの旅（上） 辻井喬 ●異母兄弟の葛藤を軸に、戦後史を掘り下げた大作

終わりからの旅（下） 辻井喬 ●異母兄弟は「失われた女性」を求める旅へ

ある女の遠景 舟橋聖一 ●時空を隔てた三人の女を巡る官能美の世界

怒りの子 高橋たか子 ●三人の女性の緊迫した〝心理劇〟は破局の道へ

三つの嶺 新田次郎 ●三人の男女を通して登山と愛との関係を描く

硫黄島・あゝ江田島 菊村到 ●不朽の戦争文学「硫黄島」を含む短編集

P+D BOOKS ラインアップ

なぎの葉考・しあわせ	野口冨士男	●一会の女性たちとの再訪の旅に出かけた筆者
喪神・柳生連也斎	五味康祐	●剣豪小説の名手の芥川賞受賞作「喪神」ほか
宣告(上)	加賀乙彦	●死刑囚の実態に迫る現代の〝死の家の記録〟
宣告(中)	加賀乙彦	●死刑確定後独房で過ごす青年の魂の劇を描く
宣告(下)	加賀乙彦	●遂に〝その日〟を迎えた青年の精神の軌跡
貝がらと海の音	庄野潤三	●金婚式間近の老夫婦の穏やかな日々を描く

（お断り）

本書は１９８０年に文藝春秋より発刊された単行本『なぎの葉考』と、１９９０年に講談社より発刊された単行本『しあわせ』を底本としております。

あきらかに間違いと思われるものについては訂正いたしましたが、基本的には底本にしたがっております。また、一部の固有名詞や難読漢字には編集部で振り仮名を振っています。

本文中には筏師、芸者、ヤトナ、女中、女給、遊女、遣手婆、置屋、娼妓、娼婦、おばはん、水呑み百姓、小婢、貰い子、使用人、公娼、踊子、不見転、小便芸者、雛妓、女の子、下地っ子、かかえ芸者、看板借り、シナ、漁師、私娼窟、私娼街、漁夫、赤新聞、犬畜生にも劣る、日蔭者、荷揚人足、千三ツ屋、経師屋、八百屋、外人、魚屋、貧乏書生、隠亡、部落、派出婦、介護婦、婦長などの言葉や人種・身分・職業・身体等に関する表現で、現在からみれば、不当、不適切と思われる箇所がありますが、著者に差別的意図のないこと、時代背景と作品価値とを鑑み、著者が故人でもあるため、原文のままにしております。

差別や侮蔑の助長、温存を意図するものでないことをご理解ください。

野口 冨士男（のぐち ふじお）

1911年（明治44年）7月4日―1993年（平成5年）11月22日、享年82。東京都出身。本名・平井冨士男。1979年『かくてありけり』で第30回読売文学賞を受賞。代表作に『わが荷風』『感触的昭和文壇史』など。

P+D BOOKS とは

P+D BOOKS（ピー プラス ディー ブックス）とは

P+Dとはペーパーバックとデジタルの略称です。

後世に受け継がれるべき名作でありながら、現在入手困難となっている作品を、

B6判ペーパーバック書籍と電子書籍を、同時かつ同価格で発売･発信する、

小学館のまったく新しいスタイルのブックレーベルです。

なぎの葉考・しあわせ

2021年3月16日　初版第1刷発行
2023年1月25日　第2刷発行

著者　野口冨士男
発行人　飯田昌宏
発行所　株式会社　小学館
〒101-8001
東京都千代田区一ツ橋2-3-1
電話　編集　03-3230-9355
販売　03-5281-3555
印刷所　大日本印刷株式会社
製本所　大日本印刷株式会社
装丁　おおうちおさむ（ナノナノグラフィックス）

ISBN978-4-09-352412-4

P+D BOOKS